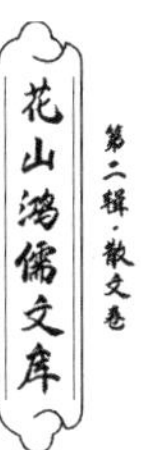

万物生长的音阶

胡晓宜◎著

花山文艺出版社
河北·石家庄

图书在版编目（CIP）数据

万物生长的音阶 / 胡晓宜著. -- 石家庄 : 花山文艺出版社, 2021.7

ISBN 978-7-5511-5863-3

Ⅰ. ①万… Ⅱ. ①胡… Ⅲ. ①随笔—作品集—中国—当代 Ⅳ. ① I267.1

中国版本图书馆 CIP 数据核字（2021）第 117369 号

书　　名：万物生长的音阶
WANWU SHENGZHANG DE YINJIE

著　　者：胡晓宜

责任编辑：杨丽英
特约编辑：罗路晗
责任校对：李　伟
封面设计：鸿儒文轩
美术编辑：胡彤亮
内文插图：洪　波
出版发行：花山文艺出版社（邮政编码：050061）
（河北省石家庄市友谊北大街 330 号）
销售热线：0311-88643221
传　　真：0311-88643234
印　　刷：三河市华东印刷有限公司
经　　销：新华书店
开　　本：650mm × 940mm　1/16
印　　张：16.5
字　　数：195 千字
版　　次：2021 年 7 月第 1 版
2021 年 7 月第 1 次印刷
书　　号：ISBN 978-7-5511-5863-3
定　　价：48.00 元

目录

壹 世界的每一个早晨

在天鹅湖“遇见”柴氏

如果时光可以流转，我很愿意回到柴可夫斯基的年代。

我会和他在天鹅湖散散步，顺便聊聊天。我想，我们一定会说他的天鹅湖，但说得最多的，可能不是音乐，而是他的生活。

月光倾泻而下，湖面泛起银色的光，天鹅湖仿佛比我想象中的还要安宁。

我们一路在湖畔谈着诗歌、绘画、美食，谈着他的童年、少年，甚至会听他是如何处理那些与法律有关的枯燥事务等等。

但我们从不说那些让人悲伤的事。比如，他曾经得过神经衰弱，有过短暂而不幸的婚姻，一度想到过跳河自杀。比如，在沙皇专制的统治下，如他一样的俄国知识分子内心是多么苦闷和彷徨。

是的，这一切说起来多少有些沉重，并不适合这里的淡然。

我说，先生，您看天鹅湖的水多么幽深，那些天鹅看起来多么优雅……

我说，先生，您不满的时代和您憧憬的时代，仍然在那里。您的天鹅在您的梦里最终得到了欢乐，而在梦境之外的天鹅，有时候生活并不完美。

轻柔的风掠过水面，湖边的他看上去若有所思。

我说，先生，虽然沙皇被推翻了，但苏联也解体了。如今的俄罗斯总统招待宾客时，还是上演着《天鹅湖》的片段，和前几个时代并无不同。只是，小天鹅的舞者越来越美了。

我说，先生，《天鹅湖》的旋律，中国人可以说耳熟能详，因为有一部叫作《红色娘子军》的舞剧，操练的舞曲中就借鉴了小天鹅舞曲的节奏。

《天鹅湖》自 1877 年在莫斯科首演以来，已近 100 多年的历史，仿佛一首具有浪漫色彩的抒情诗篇，它让世界各地的人通过优美的舞蹈，爱上了交响乐。即便是我年幼的女儿，也因了电视里“天鹅”的惊鸿一瞥，强烈要求学习芭蕾舞。就在那个夏末的夜，我曾带她在那所我生活的小城剧院，看了一场来自您故乡莫斯科的芭蕾舞剧《天鹅湖》，小姑娘竟也读懂了部分剧情。

“妈妈，那些旁边的天鹅，她们看上去为什么那么忧伤？”

“你怎么看到的呢？”我有些讶异。

“你听那些音乐，旋律变得哀婉，你看她们的眼神，仿佛有些无奈，你看她们的手形，多么无力，你看……”

先生，我该说些什么呢，如果这不是音乐的立体表达，还能是什么？

《如歌的行板》《睡美人》《悲怆》……我一直在想，交响乐究竟承载着怎样宏大的叙事及情感，如《四小天鹅》这样传统意义上的明快欢乐乐章，在那些轻松活泼、节奏干净利落、质朴动人而又富于田园般的诗意中，依然能让人感受到其间隐藏的悲剧倾向。

“柴可夫斯基音乐中的悲观色彩，并不是俄罗斯音乐的一般特质，乃柴氏个人的特强的个性。”对您音乐中深藏的悲剧性，中国有位大家丰子恺如是解释。丰先生说您的音乐所以闻名全世界，正是其悲观的性质，最能够表现在世纪病的时代精神的一方面的忧郁的缘故。

先生，这些观点您可否认同？我还是想知道，被誉为音乐具有“世界性”的您，究竟是怎样在跌宕的命运中，谱写出那么动人而充满深情的旋律？

从第四、第五、第六交响曲到《天鹅湖》，从幻想序曲《罗密欧与朱丽叶》到《悲怆》，分明是生命对生命的诉说和抚慰啊。

他一直静静地听着，俯身捡起飘落地面的白桦叶，修长的手指抚过叶身，树叶在月光下轻微颤动。宽阔的湖面上，几只天鹅在水面悠闲漫步。

这时，沉默的他发出了一声沉重的叹息。

“年轻人，我在痛苦中挣扎了一生，唯有音乐让灵魂得到片刻安宁。”他的眼睛望向远处的湖面，目光深不见底，就像那幽蓝的湖水。

一个人的眼神，真的是可以窥见内心。木心先生说，俄国人有一颗心，为了这颗心，他对俄国文学情有独钟。

先生，我觉得，我对您也是一样的。您的音乐，是独属于您的符号，它浓郁，炽烈。

明媚如火焰，忧伤如湖水，深沉如土地。就连木心先生钟爱的托尔斯泰，还有契诃夫先生，很多伟大的作家，也和我一样热爱着您的音乐。契诃夫甚至说："我愿做一名光荣的卫士，日日夜夜守护在彼得·伊里奇住所的门旁。"

于您，这样幸福的往事，可能真是久远的回忆了。

您一定会记得，1876年的那个岁末，托尔斯泰先生来到您执教的莫斯科音乐学院做客，您的院长尼古拉·鲁宾什坦在学院圆形大厅专为先生组织了一场音乐会。其中演出了您1871年创作的第一弦乐四重奏中的第二乐章《如歌的行板》。您对众人介绍此曲，说它来源于一首名叫《瓦尼亚坐在沙发上》的民歌，是您亲自从一位泥瓦匠口中记录的。它显然是一首古老的民歌，歌名和歌词是后来填的，与曲调的忧伤情绪并不吻合。

彼时，托尔斯泰与您并排坐在一起聆听，美好的旋律深深地打动了伟大的作家。他流下了热泪，情不自禁地表白："我接触到了灾难深重的人民的灵魂深处。"对此，您后来在文字中写道："在我的一生中，作为作者的自尊心，还从不曾得到如此的满足和感动，因为托尔斯泰坐在我身旁，他听我的第一四重奏行板时落下了泪。"

唐代孟浩然的《夏日南亭怀辛大》诗曰："欲取鸣琴弹，恨无知音赏。"两个伟大的灵魂，在音乐中得以相遇，彼此成为知音，听起来多么美好。如果人生没有那么多痛苦及无奈，一直这样高山流水，云淡风轻，又将如何？

可事实上，人生，每天都是《天鹅湖》。

唉，不得不触及您悲伤的过往了。我想，您或许不愿回忆。所以，我选择了保留。我们不去说那些悲伤的过往。

依然只谈其他，好吗？

可这苍茫的人世，有些事一旦发生，终归无法擦去。

您被认为有同性恋倾向，并且在当时的社会环境中一直试图压制，因此有人认为这是婚姻破裂的原因。您在与崇拜自己的女学生的婚姻破裂后，企图自杀，您的朋友送您到国外疗养。这时，您开始与一个热爱音乐的俄国铁路大亨富孀梅克夫人通信。后来梅克夫人成为您的资助人，您后阶段的许多作品都是献给这位夫人的。但奇妙的是你们从未见过面。

当你们十四年的书信往来，因为这位夫人宣布公司破产而终止时，您受到了极大打击，在独自度过忧郁的三年后，于莫斯科去世。

他们说，您的死疑点重重。官方说法是喝了带有霍乱病毒的水而染病身亡。但是据后来学者的考证，很有可能是您自己服用砒霜而自杀。但是，这都只限于后世的猜测，真正的原因直到现在还是一个谜。

先生，后世于您的这些评说，若您于今夜听闻，是否会觉无奈？但这些我不会说与您听的。您看，天鹅湖的晚风多么轻柔，月华笼罩的远山多么深沉，一切多么美好。

原谅我，我总是不愿过多地提及悲凉。

如同您的音乐，现实如何残酷，音乐的底色却依然那么浪漫，闪烁着理想主义的光芒。

先生，我一直觉得，对音乐的感受和理解，其实无论欧洲还是亚洲、无论怎样的音乐，最根本的——音乐的灵魂应该是：对人性的诉说，以抵达对人性的赞美或讴歌，并使其完善，乃至完善对生命的抚慰、感动、引领，以及赞美。

唯有生命呼喊出的音符，才能激励着生命，并引领抚慰着生命，使其完善和美丽。

您在札记中曾说：“从完全听从命运，转而对命运发生怀疑，最后决心通过斗争克服悲惨的命运。”

想起罗曼·罗兰曾经这样描述过乐圣贝多芬："即使身处悲哀的深渊，他依然讴歌着欢乐。"您又何尝不是呢？

音乐，是我们身上长出来的翅膀。只是，我偶尔也会想，抛却音乐，人一旦踏上旅程，要经历多少磨难才能够回来？

2017年，秋夜。

肖邦写下的每一个音符都充满了痛苦和悲伤。

——乔治·桑

一个人听肖邦

聆听肖邦，你会想到什么？

或许，每个人心中都不尽然。但有 点可以肯定，那就是诗性，以及淡淡的、浪漫的忧伤。

应该还有神性。

感觉上，他的音乐底色应该是蓝色。那种幽深的、明净的蓝色。

或者天空，或者海洋。纵是一眼能望见底，却又有着无尽的忧思，让你不停地想要去靠近并探寻。

“为你弹奏肖邦的夜曲，纪念我死去的爱情。”

周杰伦说他最爱肖邦，因为诗人的气质。所以有了《十一月的肖邦》，有了《夜曲》。而周杰伦的《夜曲》，是属于周杰伦的夜曲，是可以由着一群人去随意哼唱的夜曲。

若要聆听大师肖邦，是需要环境的。

最好是一个温热的午后，或者，万籁俱寂的夜晚。窗纱最好是揭开的，窗户最好是虚掩的。

最好，有淡淡的秋风拂面，最好还有虫鸣。

最好，一个人。

这才是我心目中的肖邦。尽管忧郁，仍然梦一般清幽。轻缓中，偶尔穿过沉思。

初听肖邦，源于少时看过的一部连续剧。

记忆中好像是部谍战片，片中有个弹钢琴的女特务，每到夜幕降临，总是反复弹奏着一首听上去有些忧伤的曲子，降 b 小调夜曲。彼时，小小少年的心中认定，但凡特务都是坏人，也就真的不大喜欢她所饰演的角色。可是，因了那指尖跳动飞扬而出的旋律，竟对她有了些许的宽容。

其实，现在委实回忆不起那些剧情来，没准儿她是一个美丽的卧底呢。

降 b 小调夜曲（作品 9 之 1），作于 1830—1831 年间，作品 9 中共有 3 首夜曲，是肖邦最早出版的夜曲。第一段旋律充满柔和而朦胧的魅力，节奏处理十分自由。乐曲中段，由八度音奏出降 b 大调的旋律。这是非常甜蜜的旋律，此曲之所以令人迷醉，大抵也全在这一部分了。

很爱这首曲子，遗憾的是小时候没有学习钢琴，每每听肖邦时我总会想，以后若有闲暇，第一首要学的钢琴曲，便是这降 b 小调夜曲。

如这暮色中的夜曲，肖邦的一生，诗性而忧郁。

在他翩飞的指尖下，钢琴以自己独有的声音诗意吟唱起来。而那些丰饶脆弱、多情而哀伤的漂泊于巴黎街头的“眼神”，皆源自于他对生命的单纯而深刻的爱。

爱，亦有乔治·桑。

那个1836年的冬天，年轻的肖邦结识了比他大6岁的法国女作家乔治·桑。这个纤弱、浮华、儒雅而又温柔的男子，对反传统的多产女作家第一印象并不太好。

他对朋友说：“这个乔治·桑多么讨厌！她真是个女人？我怀疑。”

而这个左手拿着雪茄、右手写字的传奇女子，遇见有着忧郁眼神的作曲家，便已经深深为之倾倒。随着时间的推移，肖邦也逐渐感受到了这个女人身上具有的温存母性。

乔治桑曾说，肖邦有最优美的性格，最恶劣的脾气，最仁慈，又最刻薄。

尽管如此，她还是爱着他。优点，缺点，都爱。

他弹琴时，她便是他最认真的听众。这份精神上的默契，使得他们共同“编织美好的爱情”，一起生活了近十年。

这份感情在当时其实并不被祝福。一个曾经爱过大文学家缪塞的热情似火的女人，与一个多病柔弱的年轻音乐家之间的感情，引发诸多争端也不足为奇。

无论怎样，这些故事无疑已成为历史长河中一个经典桥段。当我们一边聆听肖邦，一边在慢板中去怀想他们的爱情时，只能是空余唏嘘。

他的作品几乎全是钢琴曲，尽管他的老师埃尔斯纳等曾一再鼓励他从事民族歌剧的创作，但是肖邦很清楚自己的所长和所短，始终不去涉足。曾有评论说，肖邦1830年创作的《降E大调夜曲》

（Op.9No.2）是他夜曲中最优秀的、最具代表性的作品，同时也是最脍炙人口的一首。

写这首乐曲时，肖邦年仅20岁，生活在波兰。夜曲，将一生围绕着肖邦的两种情感表现得淋漓尽致，那就是爱情和家国情。他的夜曲都是间断性的创作，音乐中有着爱情的煎熬，疾病的折磨，漂泊异乡的愁苦，以及对故土的无比眷恋。

曾与一位钢琴家朋友谈论肖邦，她有些感慨地说，弹肖邦的作品很难，不在技巧之难，难在那些情绪与意境的掌控。而如何能够更好地传递这些错综复杂的情感，或许也正是大师之所以成为大师的缘故吧。印象中文献和浩如烟海的唱片，还曾提出一个“肖邦音乐中最难驾驭的是《玛祖卡》”的命题。肖邦也曾自言“我的钢琴只熟悉《玛祖卡》”，且他的《天鹅之歌》也确是《玛祖卡》。

有人发问，在奇妙多变的重音、非平稳节奏、骤喧又静、骤热又冷，且舞且歌亦诉的《玛祖卡》里，肖邦究竟承载着怎样的精神景致？

当然，这些专业的探讨，于我并无太大的兴致。

我只是知道，爱肖邦的人很多。我的好友梅，曾有一段梦想未及发芽而倾斜的时光，终日以泪洗面，恰是肖邦的《夜曲》，一直陪伴着她。

他的忧伤，治疗了她的忧伤。那一滴滴从眼角缓缓渗出的冰凉的泪水，开始有了温度。

那些细小而跳跃的音符，如同一行行文字，或幽深，或明暗，在时空的隧道缓慢穿行……

细思量，他的每一首夜曲，不正是一首首抒情诗？而在我的心中，诗歌，音乐，一直是这个世上多么美好而让人感动的存在。

21首夜曲，让肖邦以“钢琴诗人”的美誉，定居于人类音乐史。但这些夜曲也非一味抒情，亦有英雄气概，也曾荡气回肠。如舒曼所言，他的音乐是“藏在花丛中的一尊大炮”。

叹息的是，为世人奉献了美妙乐曲的天才音乐家，他的一生却是短促而悲伤。

游子之于故国的思念，与乔治•桑之间爱情的破裂，亲人与挚友的相继离世，身体之痛……他始终活得孤独。

1848年，离世前一年。访英演出的肖邦在日记中写道：“我的心里觉得忧愁，我简直像植物一样活着，只耐心地等待自己的完结。”

三十九年韶光，弹指而过。于他，仿佛一场华美的烟花。时光缓缓流淌，多年后这个宁静而寂寥的夜，我一个人听着肖邦，听他诉说着自己，诉说着你和我，突然觉得忧伤。

想起一位诗人的诗句——

埋在土里的音箱
似乎在播放摇篮曲。给人的感觉
在看不见的另一个世界，肖邦
正在给众多不安的幽灵弹琴

2017年，暮春。

勃拉姆斯的脸

小孩子让我给她买了一些彩色皱纹纸，说她要装饰一个银光魔法瓶。

暮色降临。冬天的夜，比其他季节显得灰蒙，这样的时候，人往往有些慵懒。穿宽大的睡袍，在家里角角落落游荡着。作业刚刚完成的小孩子，则迫不及待开始了她的手工。

先是用剪刀剪出一条条细带，然后用手将它们一一搓成麻花辫的样子，再用双面胶，将各种不同的颜色搭配得当，一圈圈缠绕于瓶身。这才刚刚是瓶身的简易装扮。后面的细节，一道道工序，不说想必也能想到有多繁复。

起初，这个过程在我看来真是费时费力，且无趣，可她却忙得不亦乐乎，甚是欢喜。

“妈妈，我这个魔法瓶，可以让世界变得没有忧愁呢，你快帮我一起做呀。”她快乐地发出了邀请。

好吧。既然这样的夜懒于弹琴、懒于读书，索性认真去孩子的世界玩玩。

哦，似乎还可以来点儿音乐。

开了CD，顺次播放《摇篮曲》《G大调第一号小提琴奏鸣曲》，是我喜欢的勃拉姆斯。音乐在曲线里缓缓流淌，如小孩子此时专注的神情，让人安宁。

肖邦也有摇篮曲，很好听。记忆中，始终散发着优雅、深邃的气息，同时，肖邦也是华丽的。而此刻的勃拉姆斯，全然100%纯棉的感觉。或者，一种被绿色浸润的味道。

纯真，自然，清新，亦是生命回归到最初的宁静。听勃拉姆斯，即便忧伤着，也是纯净的。思维瞬间放空，失去了思想，宛若一个生长于自然的精灵，无拘无束，在星空中遨游，在森林间漫步……

摇篮曲作于1868年，是一首民歌风格的歌曲，通过强弱拍节奏的起伏，来塑造摇篮均匀摆动的形象。情绪亲切、温柔、恬静，语气安详平稳，曲调优美，抒发了人类最崇高的感情——母亲对孩子慈祥的爱、无私的爱。歌曲为大调式，单二部曲式，方整性结构，它是勃拉姆斯200多首声乐作品中最为著名的一首，在世界上广泛流传。

“晚上好，夜里好，玫瑰花、丁香花都已闭上了眼，你也快睡觉。”这样的曲调，是用古老的奥地利方言所诠释的伦德勒舞曲的自由对位。

这首美好的曲子，不知安抚了多少不安的灵魂。音乐中弥漫着的柔情，想必勃拉姆斯自己听着也会被感动。但摇篮曲，也只是他人生中一个小小的插曲。他一生中藏于心中的那份最炽热的情感，其实全部都给了她，那个大他 17 岁的女人。

木心先生谈音乐时说，伟人，就是能把童年的脾气发向世界，世界上处处可见他的脾气。不管是好脾气坏脾气，如果脾气很怪异很有挑逗性，发得又特别厉害，就是大艺术家。

“勃拉姆斯的脸，是沉思的脸，发脾气的脸。他的脾气发得大极了。”木心说。

说得真妙。勃拉姆斯，他是内向的，所以他的沉思，一定是有丰富内涵的。对音乐的挚爱，对老师的敬重，对爱人近在咫尺却不可得的幸福与纠结，对理想的追寻，对生死的思考，这些都外化在他的脸上……

这几年一直弹古琴，时间久了换换耳朵，听听几个欢喜的西方作曲家的作品，仿佛又能听出一番不同的况味了。

有时候我想，一双迷恋着交响乐的耳朵，恐不单单是因为恋上乐曲的动人吧，一定程度上，或许是源于对作曲家人格魅力的喜爱。比如勃拉姆斯，他对于师母克拉拉那矢志不渝深沉的爱，便是让我的耳朵为之驻留的理由。

1853 年，那个秋风拂面的下午，20 岁的勃拉姆斯在著名小提琴家约阿西姆的引荐下，来到了大师舒曼家里。舒曼接待了这个年轻人，请他在钢琴上弹奏一曲。当他的手指在琴键上优雅地舞蹈起来，一个美丽的女人——舒曼的妻子克拉拉，就在这优美的钢琴声中，出现在音乐家眼前。作曲家的一生，从此为这个女子魂牵梦萦。这年克拉拉 37 岁。

是的，在很多艺术家以寻求灵感为由不停地转移情感时，这样一个在音乐国度里自由行走的伟大音乐家，对于爱情，却在其花样年华显现出超乎寻常的隐忍、坚贞与执着。

1854年，舒曼由于受到精神疾病折磨，投莱茵河自杀被救，之后一直未能从病痛中走出。勃拉姆斯便一直留在克拉拉身边，陪伴着她照料舒曼和他们的七个孩子，帮助她从痛苦和绝望中得以解脱。

在这期间，除了谈及音乐、舒曼的病情之外，面对感情，他始终守口如瓶。

当舒曼因精神病发作而英年早逝后，勃拉姆斯和克拉拉，在之后的三十多年时光里，始终保持着距离。直至克拉拉离世，勃拉姆斯不久也追随而去。

曾经看过一部记录电影《舒曼、克拉拉与勃拉姆斯》，法国当红女钢琴家、聪慧灵性的格里茂试图从音乐里解开这个谜团。影片中，她一再探索这三位音乐家的作品，发现唯一的答案，就是“爱”。

他一生未婚，所创作的每一份乐谱手稿，都寄给克拉拉。

他说：“我最美好的旋律都来自克拉拉。”试想，身为钢琴家的克拉拉，又怎能不从勃拉姆斯的音乐中，体会到这样一份情感的存在？而内向的勃拉姆斯，虽始终未曾向心爱的人表白，但他却将这份高贵深沉的情感，释放于他的音乐中。

音乐，本身就是一种心灵的倾诉通道。在《G大调第一号小提琴奏鸣曲》中，有欢喜，有无奈，单纯而深刻。同样是抒情，他完全摈弃了当时流行的柏辽兹式的描绘性管弦乐法，而是遵从着古典的配器原则，使音乐显得更为内省和节制。他追寻着前朝大师的足迹，寻觅着与自己心灵更为契合的表现手段，沿着古典巨匠的足印走过来。

他缓缓走来，成为德国古典作曲家中的“最后一人”。可是，伟大的音乐家有很多，深情的勃拉姆斯，世间究竟有几人？

那样一份纯粹的爱，让他，在音乐的世界里，在丰富的幻想中，抵达了永恒。

回到现实，永远到底有多远？

克拉拉逝世那天，孤独的他一人立于墓前，拉起了心爱的小提琴，随着音乐，他们四十三年的恋情随风而逝。

那刻，他那张沉思克制的脸，想必有了一份释然吧。

“妈妈，能不能别愣神了，快点儿缠魔法瓶嘛。”小孩子冷不丁拍了我一下，思绪瞬间回到了眼前。

托尔斯泰有句话：“忧来无方，窗外下雨，坐沙发，吃巧克力，读狄更斯，心情又会好起来和世界妥协。”

是夜，依然漆黑，无雨。我未读狄更斯，只在听勃拉姆斯，看小孩子的银光魔法瓶……其实，我们都一样想和世界妥协。

2017 年，冬。

我们无言的灵魂和沉重的躯体之昏厥
终在压倒一切的寂静的中午平定下来……

——马拉美评论德彪西《牧神午后》

月光下，听德彪西

“文字无能为力的地方，才开始音乐的作用，音乐是为无法表现的东西而设的。我希望它仿佛从朦胧中来，又回到朦胧中去，所以它永远是简单而朴素的。”

月光流水般倾泻而下，轻轻柔柔的，落了一地银辉。印象派大师德彪西踱着步，边享受着月光带给自己的温暖和舒畅，边勾画着他心中那朦胧却又无比清晰的《月光曲》。不经意间，速度欢快上行的琵琶音，已经淋漓尽致地刻画出寂寥空旷的夜空中充满明亮色彩的月光。受诗人吉罗叙事诗《月光比埃罗》感染，他的《月光》，也同样充满了自由与浪漫的气息。

在意大利贝加摩，青年比埃罗沉醉于象征理想的月光下，因沉湎于物质为月光所杀，后来悔过而得到了宽恕，重返人间。曾一度是象征主义诗人马拉美沙龙常客的德彪西，很善于从诗歌、绘画等艺术作品中寻求灵感。《月光》便是借由比埃罗这个古老的故事，第一次试图体现拉莫时代钢琴作品幽雅的风格。此曲不仅采用了《小步舞》《帕斯比叶》等古老的舞曲题材，还采用了古老的多里亚（商调式）。

在德彪西的声乐作品中，有两首与此同名的歌曲，灵感均由魏伦的诗而来。他的音乐，不企图讲述一个故事或某些特定的情感，而是创造一种符合作品主题、标题的情绪和气氛。

仅凭自己所得的瞬间印象，就用主观方式表现这些物体所流曳出的光，抑或情趣，捕捉印象中的光影、云雾、泉水和天空。这些自然界的各种现象及人的精神领域，倘若用语言，实在是难以描述，而德彪西却以天才的直觉，捕捉了这朦胧意象，委实是让人叹服。

1862年，出生于圣日耳曼昂莱的克劳德•德彪西，家族中并没有任何音乐家的基因，经营着一家小瓷器店的父母，无法给孩子提供更为良好的教育，决定让他长大后去做一个海员。然而，幼年的小克劳德所显现出的音乐才能，被姑姑发觉，7岁时，她为他请了钢琴教师。许是这个孩子对于音乐的热爱感动了上帝，很快，他得到了更好的眷顾。小克劳德的音乐天赋，被曾经做过肖邦学生的芒蒂夫人发现，出于喜爱，她决定免费给他上课。于是，在芒蒂夫人的悉心教导下，1873年，仅10岁的德彪西便跨入巴黎音乐学院的门槛，开始他人生中正规的音乐学习。

自此，十余年中，他一直是才华出众和早熟的学生，却也享有弹钢琴有错音、和声与乐理问题上无法无天的“美誉”。由于他敏感的耳朵，比一般人听得见更多的泛音，恰如印象派大师笔下的画，晕染着神秘的色彩。于是，在管弦乐队里，他可以自由地使用各种乐器的不同组合，来发出柔和、闪烁着光泽的音响效果。

初听，或许并不明了他究竟要表达什么，可是再听，便会迷恋、沉沦。

哪有什么潺潺水声？唯有我的芦笛
把和弦洒向树丛；那仅有的风
迅疾地从双管芦笛往外吹送
在它化作一场旱雨洒遍笛音之前
沿着连皱纹也不动弹的地平线
这股看得见的、人工的灵感之气
这仅有的风，静静地重回天庭而去

——《马拉美·牧神午后》

《牧神午后》，德彪西代表作。

大意是通过牧神的独白，描述一幅幻想的神秘画面。这是希腊神话中的一个上身像人，下身为兽，头脑简单而耽于声色之乐的人物。他带领着羊群，在森林里一边吹着牧笛，一边跳舞游乐。

牧神从午后的睡眠中苏醒，不知自己身处梦境，抑或是在仙女身旁。他回味曾经发生的一切，他和美神维纳斯在一起时的缠绵悱恻，仿佛在梦境。

各种乐器被调配出温柔的、梦幻般的音色。音乐，此时充盈着奇妙的气息。这样的意象，德彪西在《牧神午后》中，几乎做到完美。

“这首前奏曲的音乐，是对马拉美诗歌的自由图解。”他在为此曲撰写的乐曲评述中如是说。说到底，音乐与诗终究是无法分离的，当音乐一旦具有了诗性，不经意间，就会更加立体，仿佛在你的眼前铺陈一幅画卷。

想起魔幻现实主义大师马尔克斯，他在写《百年孤独》时，就一直在听德彪西，据说连光盘都被听坏了。此曲一度很为诗人们所爱，想必一定程度上也是源于马拉美的那首同名诗。

清逸，安和。任意东西，云卷云舒。

语言尽头，音乐响起。德彪西凭借他敏锐的艺术灵性，以独特的音乐语言，塑造了一个色彩斑斓的光影世界。朦胧的曲调，斑驳的意境，他的思维中永远充满了奇异的幻想。若用东方艺术来类比，我首先便想到了王维的古诗，想到昆曲。诗词之美，昆曲之美，美在情境，美在幻化，美在空灵，美在唯美。

他的音乐和古典主义音乐相去甚远，作品中已看不到古典主义音乐的严谨结构、深刻的思想性和逻辑性，也看不到浪漫主义音乐的丰富情感，取而代之的始终是奇异的幻想。

“听德彪西，眼前真的马上会出现月光。一粒一粒，弥漫在空间的每一个角落，很安静，很美好，也有淡淡的忧伤。”有一回闲聊时，好友柴有些陶醉地说。

“是的，其实这首短曲也是宁静并孤独的，有迷茫。他在寻找着什么，德彪西在问自己，问那个有月亮的夜，问听曲的我们。”

柴有段时间一直在听《月光》，之前她从未听说过德彪西这个人，是因为她的朋友如喜欢，才找来听的。她和我一样，对于感兴趣的音乐似乎比我更爱刨根问底，一番盘查之后，很快就喜欢上了德彪西。后来，还专门又听了一阵子《亚麻色头发的少女》。

说到人的感觉，也真是奇怪呢，好像大多时都是非理性的。连这个纯理工科博士，整日埋头于实验室研究物理，也会有如此这般跟着感觉走的时候。如听德彪西的音乐，如看莫奈和塞尚的画，完全的意识流。

“柴，我觉得你选择听《月光》的举动，根本上就很月光。”我说。

“哦，是吗，我宁愿这首曲子是德彪西一气弹成的，而非当作品show出来的。”

“当然了，大师的作品，不会存在你说的这个问题吧。”说这话时，我的思绪早已游离，穿越回19世纪的欧洲。

《月光》《牧神午后》《水中倒影》《雨中花园》……琴声轻抚面颊，恍然间飞身世外。忘记了，时间里那些惆怅，那些快，那些重……

轻轻的，轻轻的。

海边，山间，清风吹动单衣，树影里，隐隐传来虫鸣。

流水，幻化出云朵。

听，《透过树叶间的钟声》。除了静谧，还是静谧。洛克斯皮塞尔猜测它是，“一种对清晰与压抑声音亮度对比的创新，意图把秋日昏昏欲睡的雾层，通过遥远钟声的幻觉，从沙沙作响的树叶屏幕那边传送过来。”

清新自然，却又梦幻朦胧。

他的好朋友莫奈曾说，一幅画的主要人物是光。而聆听他的音乐，又何尝不是沉浸于光与色的交织？

“生活就是吃夏威夷冰激凌，听德彪西。”

大卫·米切尔轰动世界文坛的小说《九号梦》中说过这样一句话。可惜，我未曾去过夏威夷，亦不知，哈根达斯里那款叫夏威夷果仁的冰激凌，是否如大卫所指。但凭听过几年德彪西的直觉，想象其味许也差不太多吧。

2017年，仲夏夜。

少时不懂贝多芬

“一天晚上，贝多芬在维也纳郊外散步，忽然听到琴声，而且是他的作品。他循声走到一幢旧房窗前，发现是一位盲姑娘在演奏。他进屋后才知道她非常喜欢贝多芬的音乐。作曲家非常感动，在月色辉映下，他写下了这首《月光曲》……”

少时课本上学过的这篇《月光曲》，让我知道了在远隔时光、远隔千山万水的德国，有个叫贝多芬的音乐家。他有些耳聋，长相有些凶。他有部交响曲，没听过的人也知道名字:《命运交响曲》，他有句话，贴在彼时教室里的那面墙上——

我要扼住命运的咽喉。

也许是少不更事，尽管后来听了很多他的音乐，《致爱丽丝》《月光曲》……但它们的舒缓柔和，始终未改变我在少时认定的此人形象。

他看上去怎么总是一副凶巴巴的样子呢？因着这样的认识，年少的我心中自从知道了交响乐的概念，便一直偏爱着拥有忧郁气质的钢琴诗人肖邦。

是啊，肖邦，他看上去多么英俊，温文尔雅。

直到后来，读《名人传》，从罗曼·罗兰的文字中，突然发现关于贝多芬这位乐圣，自己曾经的认知一直很稚嫩。

罗兰写贝多芬的文字，翻阅多遍也不觉厌烦。

他，用心写着他。

面对各种困难，爱情的破灭，贫困的侵扰，致命的耳聋，但在精神上依旧坚贞不屈，最终在欢乐的凯歌中，完成举世闻名的《第九交响曲》的乐章……

音乐，到底能带给人们什么，愉悦、共鸣还是平静？

也许都有，如同快意的阅读。

有时我会想，喜欢古典音乐的人，定然是喜欢上了某种深沉的意象，抑或是喜欢自然，喜欢持久。至今，那些跳跃着的音符，仍深深牵动着我的神经，让我情愿一次次循着文字的脉络，循着音乐，去反复聆听这位乐圣，领悟那个充满张力的音乐国度。

读《名人传》那些时日，一度热血沸腾，还曾沮丧自己怎么就缺少那般深邃感知。不过，谁又说每个聆听的耳朵，不是独属于自己的呢。

如同，贝多芬的音乐，自由，充满想象。

出身音乐世家，长于莱茵河畔的小城，祖父担任宫廷乐团的团长，父亲是宫廷中一名男高音，这些家族基因，让他很小的时候，就突显出了音乐方面的天赋。

4 岁起就开始学习音乐，8 岁能在音乐会上尝试表演作曲，而他在这个时期接受的音乐教育并不系统，12 岁就已经能够自如地进行演奏，并且担任管风琴师聂费的助手一职。也就在此时，他才正式开始学习音乐。

这个世上，一个天才在大海上的航行，从来都不是一帆风顺。尽管他真的是一个神童，成长却是经历了诸多艰辛。酗酒的父亲督促他练琴时的简单粗暴，外形的矮小粗壮，以及贫穷、疾病、失意、孤独……这一切，都构成了音乐家并不快乐的童年，而这也成为他日后反叛性格的根源。更为不幸的是，上帝还日渐剥夺了他的听力。

1796 年，28 岁的贝多芬开始感觉到自己的听觉出现问题，对一个天才的音乐家而言，这无疑是人生的一记重创。5 年后，当得到自己的耳病无法医治的确信，他才真正开始接受现实。

“我过着一种悲惨的生活，要是干别的职业，也许还可以，可是在我的行当里，这是最可怕的遭遇……”

尽管如此，对于艺术的热爱以及未来生活的憧憬，使得他并没有被苦痛打倒，反而拥有了继续创作的力量。

他交替着希望和热情、失望和反抗的人生，一度给予他源源不绝的创作灵感。因为失恋，他写出了《致爱丽丝》。在精神出现高度危机之时，因为向往光明与自由，他着手创作他的《英雄交响曲》，这是一首充满乐观主义的乐曲，是贝多芬精神转机的重要标志。

在他的许多作品中，休止符往往超越自己、跃升到一个新层次的弹跳点，这是为了引导后面更为壮丽乐句的崛起。

他的音乐，永远充满了新奇的创造力和想象力，充满了种种的深意和内涵。

在凝固的一刹那，一切声音都已戛然而止，而这，正是整个乐曲中最令万千听众肃然起敬、发人深思的绝妙之处。

音乐，是一种时间的艺术，生命本身又何尝不是？

他生命的最后休止符，比他任何作品中的休止符都更完美，更富感染力，更具生命力。

时间的齿轮不停翻转，整整160年过去，动人的旋律，在浩然长空久久盘旋、回荡在人类的心灵深处。

罗曼·罗兰在《贝多芬传》中所说："即使深处悲哀的深渊，他依然讴歌着'欢乐'。"

燃烧着的贝多芬，九部交响曲，折射了他曲折的一生，对爱情的渴望，对英雄的赞美，对自由的呼唤……

"牺牲，永远把一切人生的愚昧为你的艺术去牺牲，这是高于一切的上帝。"

他用只属于他的音符，描绘着他心中的世界。

少时不懂贝多芬，听懂已是后来人。

2016年，冬。

永远的莫扎特

忧伤渐若硬器，穿过无名的花，穿透诗篇。婉转，却又直白。许是这一路戏码太重，抑或那些闪亮的静好，都抵不过欧洲戏剧般的暗？

终究，现实与灵魂，距离太大。

这个雨天，看《莫扎特传》，心情就这样莫名惆怅起来。为什么天才的艺术家，总是不被时代善待？有些闷。

电影初始，导演就给出这样的镜头：尚未退去稚气的小莫扎特，在父亲的引领下向贵族们炫技，蒙着双目弹琴。

现场作曲，钢琴弹毕拉提琴，提琴完毕又自唱。掌声，唏嘘声此起彼伏。可是，那些看似优雅的贵族，又有几人是在用心聆听一个孩子的弹奏？

电影固然有戏说成分，可是翻阅资料，保存至今的莫扎特 14 岁时的音乐会节目单，贵族们指定要看的6个节目，竟然全是临场发挥和即兴演奏。其中一个咏叹调，现场看歌词后，不单要求即兴谱曲，还要自弹自唱。

与狄德罗等“百科全书派”名流关系密切的格林姆男爵，曾有过这样的回忆：“音乐家把所能想得出的最难的测验，都提了出来。”

是的，就连英王，也亲自出马考这孩子。甚至那位不可一世的萨尔茨堡大主教，为了证实这个让人瞠目的神童，作曲过程中没有任何作弊嫌疑，将他软禁了整整一个礼拜。

想想，这样的过程着实是有些滑稽，让人难免失笑。古典音乐史上那些大放异彩的大师们，彼时大抵因为生活，沦为上流社会附庸风雅的工具。

戴着假发，穿着制服，被编排了号码，随时等待着他们的召唤。

海顿忍了，贝多芬拂袖而去，而年轻的莫扎特，与其说身在曹营心在汉，不如说，他无时无刻不在寻找着出走的机会。

终于，不可一世的大主教，对他有意无意的叛逆忍无可忍，将其逐出门庭。

这著名的一“踢”，使得音乐家的人生，真正意义上开始由自己主宰。一面享受着自由的风儿轻轻吹拂，一面却不得不忍受贫穷与饥饿带来的苦痛。

可是，无论何时何地何等境遇，他的音乐，却几乎都是来源于闪电。紧握闪电，就如同将花朵举在手中。他们翻看他的曲谱，从未有过多涂改的痕迹，大抵一气呵成。这让同行们乃至一些音乐大师羡慕不已。

理查施特劳斯的父亲曾对他说：“莫扎特活到36岁为止所创作的作品，即使在今天请最好的抄写员来抄，也难以在同样的时间里将这些作品抄完。”

无疑，作为音乐史上的天才，莫扎特的才华是独一无二的。这样一位音乐神童，8 岁创作第一首交响曲，11 岁写出第一部歌剧，17 岁担任宫廷乐师，短暂的一生里，创作了不同体裁和形式的音乐杰作，为 18 世纪欧洲音乐的发展奠定了坚实的基础，成为世界音乐史上少有的多产音乐家。

而他的穷困与潦倒，却也一度让后世的我们扼腕叹息。

他曾经前后得到舒伯特、老巴赫的儿子约翰·巴赫、马蒂尼、海顿等人的援助，他自己也不忘提携后辈，贝多芬也曾上门求教过。他与这些人互动，使得作曲与表演技艺精进。尽管如此，他及家人的生活依然过得狼狈不堪，甚至连小康之家都谈不上。

他说，告诉你，我唯一的目的是尽量挣钱，越多越好。他说，除了健康以外，金钱是世界上最好的东西。于一个天才的艺术家而言，如此窘迫，真是让人心酸，几乎要为他落泪。然而，不得不让世人叹服的是，无论处境如何，如何遭人诟病，在他的身上，始终都体现出典型的艺术家天性，热爱生活、充满诗意，并且善良。影片中，他从不曾怀恨那个始终嫉妒陷害他的前辈萨列里，一直用仁慈之心与之相处。他童心不泯，永远像孩子一样，对生活充满好奇。傅雷先生说，莫扎特的音乐，反映的不是他的生活，而是他的灵魂，作为受难的证人，而只借来表现他的忍耐和天使般的温柔。

刹那，即是永恒。

1791 年，一个冬日的凌晨，带着未完成的《安魂曲》手稿，他永远地离开了人世，与无家可归的乞丐，一同被葬在维也纳郊区的一个公墓。他的葬礼没有鲜花，没有挽联，没有送葬的队伍。只是一块普通的墓碑，一块小小的，早已杂草丛生的土地。

35 年时光，对伟大的艺术家而言，真的太过短促，但足以慰藉人心灵的是，他的音乐却未曾被时间扼杀，它永久地弥漫在大地与星空之间。

暮色降临，《安魂曲》响起，仿佛在一片宁静的大海之上，那种淡淡的、无法捕捉的柔和，正从四面八方，潮水般朝着你涌来。

莫扎特，用他的乐声，在这个下雨的夜，在春天，不动声色地，唤你入眠。

2017 年，春日，薄暮。

科恩的忧伤

低回婉转，不可名状的伤感。

那声音自远处传来，缓缓地入耳，根本不需要你有任何情绪铺垫，人世间的诸般欢喜悲伤，瞬时就在这时光里晕开了。

只是觉得忧伤，马不停蹄的忧伤。诗意又晦涩，饱经沧桑，却又深情款款。此时，你真的已经无可救药地爱上了它。

近了，更近了。不知不觉中，歌声一步步引领你进入一种孤寂。一个绝对静止的空间，一种永恒不变的孤独。这种感觉，你只可静静地聆听，却不能触摸；这种低沉，你只可寂寂地陷入，而无法同步。

于是，愈发孤独，愈发需要他的歌声来安慰。

科恩，这位“摇滚乐界的拜伦”，自出生之日起就挑起了替人们寻找归宿的重任。是的，寻找，永不停歇地寻找。

事实上，诗人都是游子。

聆听科恩，漂泊感与寻找主题是主要内容，他的一生，都在与自己的灵魂对话，爱、欲望、黑暗、信仰、迷失、死亡……他的灵魂丰饶而透明，“我”的每一次远游，都是对灵魂的一次朝圣。

以33岁为界，科恩的前半生是作家、诗人，后半生是歌手。“他是一个穿着西装的慵懒浪荡子”，穿着正式，因为他真的是个优雅的绅士；慵懒浪荡，因为他是一个彻头彻尾的浪漫主义者。他一生中爱过的女人太多，实在是不够专一。可是，即便他有点“坏”，这个世界依然有那么多女人迷恋他。只为浸润他的气息。或许，爱的只是那份坦荡与真实。

《千吻之深》，这应该是最能让人感受他如大提琴般深沉迷人嗓音的一首歌，歌声娓娓叙述着一个忧伤而富有哲思的故事，不知不觉就会将你带回记忆的深处。

也喜欢那首始终在低音区徘徊的*Suzanne*。

…………

她喂你茶和橙子，来自遥远的中国

你正想对她说，你没有爱可以给她

她便让你融入她的波长，让河水回答一切

你一直都是她的爱人

…………

科恩曾说*Suzanne*是他最好的一首歌，是一瓶陈年美酒。但多年以后在演唱会上再次唱起*Suzanne*，他发现，那段往事似乎已经渐渐淡去。

“我唱不了这首歌了，因为没有感觉；而有没有感情，观众一听就能听出来。要想找回一点儿当初的感觉，只能去灌醉。”

这话真让人觉得伤感。总是想象着那样一个午后，阳光像蜜那样流淌，空气中弥漫着香樟树的味道。他与美丽的她在河畔相遇，一切多么美好。那一刻，他深邃坚毅的目光必定透着柔情，她也一定觉得这个眼神忧伤的男人是多么与众不同。

时光的流淌总是那么无情，不经意间多少美好的开端便以淡忘画上了句号。

阳光下的阴郁。

或许，这就是青春与爱情的符号。有些残酷，有些婉转反复，仿佛一个轮回。

这个春夜，暮色一点点滑落，月亮被雨水淋湿藏起了身子。听着科恩，突然觉得掉进了一个黑洞。

四周的呼吸沉默如谜。

谁在草棵上轻声悲叹，谁在天边歌唱？天野茫茫的空间抒写着天籁的空灵，谁在追忆过去？

想起了看过的一部电影，希腊导演安哲罗普洛斯的《时光之尘》。

是一部重在讲述“过去”的电影，但始终不忘提示人们，历史是不断重现的，仿佛过去即现在。

《时光之尘》，一种空旷感与怀旧感，无须更多言语，这四个字，足以概括人生的苍茫无涯。

从星空坠落，终将归于尘土。一生漂泊不羁的科恩，62 岁那年剃光了头发，将自己包裹在一袭黑色长袍里，成了一名僧人，希望在宗教中寻求启示。

他的法号“自闲”，意味着安静。和我们每个人一样，漂泊的他，终其一生也只为寻得一份静好。

人于世间，每个人都是一只飞鸟，飞鸟终究要向上飞行。每个人都是一尾鱼，鱼儿终究要寻找空气。科恩的忧伤，其实是人类共有的忧伤。

万物皆有裂痕，那是光照进来的地方。

2017年，春。

击中了你的《脆弱》

这个沙哑的男声，低沉，如同冰层下的水流，永远低沉。但它又是细腻的，透着某种无法叙述的感觉，似淡淡的哀伤，又似对生命的呐喊？不，不完全是。这声音感性温润，它此刻正带着潮湿的温度飘荡在缈缈夜空，萦绕于你的耳畔……

听到这首歌时，你的心被水珠击中了的叶子似的，轻微颤动了一下，已经许久不曾听到如此动听的歌声了。这两年你太忙碌，总是行色匆匆，总是忙着这样那样的事情，以致很长时间连一度挚爱如生命的音乐竟也被你淡忘了。然而，就在今夜，它突然轻盈地跳了出来，你浑浑噩噩的听觉便这样苏醒了。

…………

我们有多么脆弱

雨不停地下

犹如星星掉落的眼泪

雨水不断地诉说着

我们有多么脆弱

我们有多么脆弱

…………

他的歌声像平原上的河流那样平缓，永远平缓。在简单的旋律和木吉他的伴奏中，他徐徐吐露出如珍珠般的诗句。那几乎就是耳语，一个缓缓释放情感的男人的耳语，喃喃述说着，带有雨露的潮湿，淋湿了你的耳朵，淋湿了你的内心。你于是陷进去，不可自拔。其实，你以前听过他很多的歌，*Nothing Like The Sun*，*All This Time*，*Englishman in New York*，*Send Your Love*，等等。可不知何故，始终铭刻于你脑海的却独独只有这首。

你想象着他唱这首歌的时候，深邃迷人的双眼必定含着泪水。那个秋日的下午，他原本是要在意大利托斯卡尼开演唱会的，可由于那天震惊世界的“9•11”政治事件，满心的欢喜瞬时化为悲痛。他取消了那场乐迷们期待已久的演唱会，为事件中罹难者及家属深情地唱起了这首致哀歌曲，喧闹的现场一时肃穆。

当肉体与钢铁交融

鲜血涌出

在夜晚的夕阳照耀下逐渐干涸

明天的雨水将洗去这点点血渍

但是我们脑海中的一些东西永远不会消失

或许最后留住的

就是一生都在争辩的话题

…………

飞机撞击的不仅是美国纽约世贸大厦，还有歌唱家一颗善良的心，他的心被撞击成了碎片，化为一曲无奈的《脆弱》。在寒风面前，花朵脆弱；在子弹面前，生命脆弱；脆弱，如人生的一袭幽魂，如影随形，无论如何奋力奔跑，总是无法摆脱。脆弱让一个高贵的灵魂瞬间卑微成一粒小小的尘埃，在偌大的天地间孤独地游来荡去，无处藏匿。富有悲悯情怀的斯汀，面对人类永无休止的灾难，奉献给世人的，只有《脆弱》。

人说，他的作品总是有足够的力量去推动一个个死寂的心灵，他不经意地吟唱着一些反映现实的诗句，创作着一个 Sting 的气氛。受欧洲古典音乐的影响，英伦摇滚往往显得与众不同，呈现出内敛而深邃的美。他的影响力，也早已不单单局限在音乐领域。从 20 世纪 80 年代末开始，他便经常用进行演出的款项来资助印第安人争取生活的自由。因为心怀苦难的苍生，他创造的音乐引领着我们接触到理智以外神圣的东西。

人的外表如何坚强，内心总有无法逃避的脆弱。你想到了自己曾经面临困境时的脆弱，那时的你，脑海里时常弥漫着挥之不去的惆怅。夜幕降临，你时常走着走着便会流下忧伤的泪水，你甚至想到从这座生活多年的城市逃离，越远越好。你还想起了从小一起长大的朋友 M，因为爱情的叛离，平日的幽默洒脱从此荡然无存，美丽欢愉的眼神亦不复在。每日宿醉的她好像瓷器，变得脆弱无比，战战兢兢一击即碎。你知道她是多么想回到那些温暖的时光，感受爱情的温存。一年来，你时常看到她扣合的眼帘，不安的惊慌，那一刻，她无助的脆弱于你如是清晰。

…………

没有什么可以通过暴力解决

永远不会有

因为所有在愤怒中产生的行为

都是为了不让我们忘记

我们有多么脆弱

…………

他的这首歌，同样有着刻骨的疼痛与无奈，像M突然之间坍塌的感情，像她布满灰尘的房间，一经打扫便漫天纷飞，呛出眼泪。

在这个寂静的夜晚，他的歌声朝你的心头轻轻袭来，带着深沉的思索，沉重却充满诗意。他自由的表述带着一丝悲愤，你却丝毫未感觉到喧嚣与杂乱。悲悯的歌唱蕴含着一种莫名的张力，驱使你起身来到窗前，萦绕在耳际的粒粒音符始终轻叩着你的心弦，恍然间，你和歌声产生共鸣，融为一体。你原以为自己已经长大，却不承想在音乐的怀抱中，仍旧回归了生命的本真，还是一个爱流泪的孩子，在音乐中流泪，在音乐中沉湎。

早春的暗夜寒气逼人，没有月亮，没有灯光，你站立的窗口，零散的几颗星星投下微弱的光芒，这淡啊淡的光突然让你感受到来自生命内部的力量。沉浸在歌声中的你默默地想：坚冰，能脆弱成泪水多好；子弹，能脆弱成雨水多好，那样，人类的春天就会真正来临……

2011 年，8 月。

歌词附录：

如果当钢铁插入血肉时
鲜血涌出
在夜晚的夕阳照耀下逐渐干涸
那么明天的雨水将洗去这点点血渍
但是在我们脑海中的一些东西将永远不会消失
可能这最后的举动就是要抓住人生，进行争辩
没有什么可以通过暴力解决，永远不会有
因为所有在愤怒中产生的行为
都是为了以免让我们忘记我们有多么脆弱
雨不停地下着
犹如星星掉落的眼泪，犹如星星掉落的眼泪
雨水不断地诉说着
我们有多么脆弱，我们有多么脆弱
雨不停地下着
犹如星星掉落的眼泪，犹如星星掉落的眼泪
雨水不断地诉说着
我们有多么脆弱，我们有多么脆弱
我们有多么脆弱，我们有多么脆弱

世界的每一个早晨

我们来看场电影吧，《日出时让悲伤终结》。

缓慢的叙述，唯美的画面，维奥尔琴低调隽永，情节清淡而节制。以及雾气，湖水，潮湿的草地，无尽的幻觉与回忆……

——让你瞬间与这个夏日抽离。说的是关于法国巴洛克时期音乐史上的两位作曲家，维奥尔琴演奏大师圣·哥伦布与学生马兰·马莱斯之间的故事。叙述者马莱斯生命在接近暮年时，回忆了他如隐士一般的老师。

17世纪末的凡尔赛，城市喧嚣，乡村孤独宁静。年轻的马莱斯，他需要的是凡尔赛宫宫廷乐师的头衔，是众人炽热的仰望，是空幻绚丽的人生。

沉浸于丧妻之痛的老师圣·哥伦布，早已厌倦了那些过往的烟云，决定为琴弦及两个美丽的女儿认真活着。自然的风声，画笔摩擦画板的声音，小孩撒尿的声音，女儿的哭声，都融入在了他忧伤的琴声里。每当维奥尔琴声在狭小的木屋内徘徊，悲伤的他便会在幻觉中与美丽的妻子相遇。他用画笔绘出他们相会的场景，想象着爱人正在天国聆听这深沉琴声。

他以及乐师，他们的音乐理念并不相同。

他说："你的演奏很好，姿态优雅，运弓有力，装饰音也不错。可我并未从你的演奏里听出音乐。"

"我的音乐，只属于自己，属于自然。"他砸碎了乐师的琴，师徒情分从此决裂。但身为父亲的音乐家不曾料及，大女儿玛德莱娜深深爱上了马莱斯。沉沦爱河的少女将他藏于自己的小屋，毫无保留授他父亲传授给自己的技艺，教他该如何去真诚演奏，教他用心聆听自然……

宫廷乐师，却始终朝向城市深处的荣光狂奔。恋人背弃，幼子夭折，在一个美丽的日出来临之前，绝望的玛德莱娜静静地在黑暗的内室中悬起了终结一切的绳索。生命，追随日出终结。即便如此，最后一刻面对始乱终弃的恋人因忏悔而来到病床前，演奏那首相恋时而作的《梦中的女孩》时，她仍不忘指出音乐中情感的缺失。

麻木与空洞终会在浮世中滋生痛苦，玛德莱娜与孩子的骤然离去，让追求虚荣的宫廷乐师，突然想起了老师曾经说过的一句话："你沙哑的声音感动了我，我收你做弟子不是由于你的演奏技巧，而是由于你的悲伤。"

音乐存在于空白的深处，是无法慰藉的思念，是无力说出的一切。

——音乐的本质是爱，他幡然醒悟。沉寂的小屋里重新响起维奥尔琴声。当画面定格为师徒二人一起演奏《眼泪》，各自思念着天堂的亲人时，不禁让人泪目。

影片大量使用了长镜头，镜头里呈现的均是日常。那些光影，每一帧都散发出文艺复兴时期的纯粹、古朴和静穆，如一幅幅明暗对比的油画。这其实是个并不复杂的故事，虽然始终围绕音乐叙事，实则仍是在诉说着爱与救赎。

是的，有了爱，便能让音乐动人。

有了爱，巴洛克之声便可永恒。

电影悲伤得让人有些压抑。然而，临了眼前晃动着的，却是大片大片的蓝，明亮深邃的蓝。这个世界，每个清晨都会有温暖的日光出现，愿它能让悲伤终结。

2017，秋。

贰 弦上清迈

埙，向风而歌

少时看过一部电影《西楚霸王》，项羽被刘邦一路追至垓下，夜宿乌江当晚，帐外弥漫着苍凉悲壮的楚歌。精疲力竭的楚军战士听到乡音，纷纷掩面而泣，倒戈投降。霸王眼见大势已去，不禁仰天长啸，偕爱人虞姬拔剑自刎于垓下。

电影中那段如泣如诉、悲怆动听的楚歌，是由古埙演绎而来，那是我平生第一次听闻埙音，印象颇深。后来再次听埙，已是在古城西安求学期间。其时，我是大学二年级学生。

是个夏日，钟楼旁，化觉巷。一位外国游客手中拿着一枚埙，泥土的颜色，梨形的模样，古朴而典雅。看得出那老外很爱这枚埙，却因语言不通，和商贩“靠不上谱”，在闷热的雨天急得满脸通红。一旁闲逛的我听懂了老外的意思，知他原是要听这埙的声音，便侠义地上前当了回翻译，五旬开外的卖埙人当即吹奏了一曲。

埙向风而歌
二〇二五年十二月二十四日

倘你让我回忆当时吹的何曲，技巧如何，早已无从谈起。独独这埙音，自那日后再也无法忘怀。

是的，我从未听过如此苍凉的声音，幽雅、静谧、逼仄、忧伤，一切不经意就在这古老而喧嚣的巷道弥漫开来，竟连静卧古巷千百年笑看云卷云舒的秦砖汉瓦，也似乎被它感染，而发出一声哀婉的叹息。如临一个久远的梦境，我一时怔在了那里。那日返校，我的手中小心翼翼地捧回了一枚埙，它是我此生拥有的第一枚埙，一枚旅游埙，价格不高，却也算是圆了彼时一个念想。

贾平凹先生在《废都》里这样写埙："那个吹埙人，一身褐衣，在断壁残垣中，双手捧着埙，此时无声，他把埙举到柔软的唇边，和埙的呼吸调整一致，于是，一种沉缓的幽幽之音便如水一样漫开来。"贾先生还写道："闻之，犹如置身于荒洪之中，有一群怨鬼呜咽，有一点磷火在闪……"

这古老朴实的埙音，在文坛怪才笔下形容得如此灵动逼真，浓墨重彩，想必读了小说的人都会暗自猜度作者与吹埙人之间的渊源。若干年后和一位大学教授箫笛的友人学吹埙方知，原来《废都》中那立于城墙角下的褐衣人原型本是贾先生好友、我国著名的古埙演奏家刘宽忍。如是，当年存留的一丝疑惑得解。

埙，是中国最古老的乐器之一，《旧唐书·音乐志》称之为"立秋之音"，唐朝郑希稷亦曾作《埙赋》，称"埙之自然，以雅不潜，居中不偏，故质厚之德，圣人贵焉"。如今，在日益繁复和花巧的乐器发展过程中，埙始终独守着一份自然与朴实，因了这份"守拙"，使它渐渐淡出了中国音乐的发展主流，直至现代考古发现才使这一音乐珍品回到音乐家的目光之下。这让我想到了人生，厚德载物。

某日，与一位同样爱埙的长者偶遇，听闻我在学埙，他叹气说：

“埙是大地之音，太过真实和悲凉。人生原本沉重，能舍就舍了吧，莫让这埙再给生活添了一分沉重。”他的话让我伤感，想起贾先生在为友人所著《埙演奏法》序文中所言：“这幽怨的曲子，听过一段就泪流满面。”

生命是什么，生活是什么？人生在世，很多人都在不停地找寻自我，有的逐渐迷失，有的挣扎于梦想与现实之间，有的兀自坚守着生命的那份本真，纯然而寂寞。生命的向度，本就在流浪与救赎之间，埙音于我，便是一个寻求宁静的居所，一个充满禅意的梦。

爱极了这亘古而来的忧伤，念天地之悠悠，独怆然而涕下的悲怆，有时我觉得它更像是低吟，是独白，像生命的倾诉，忧悒而深沉。夜阑人寂，当我捧埙于庐下，会惊异地发现，周围死寂的一切得以苏醒。它们正合着我的情感，在乐音里飘摇，世间千年的杨柳春风、悲欢离合，瞬间都归于这十指间的合唱。

“梦可寻，追梦，追梦，一曲埙音，带走几何烦恼，却使多少青丝成沧桑。长云散，日升复落，千古同音人事非……”

是夜，月明星稀，乌鹊南飞，就让我吹起这古老而寂寥的埙，和着苍茫月色，和着几处惆怅，赴一个旷古而悠远的梦……

2012年，仲夏夜。

二泉映月：一曲微茫解平生[①]

无锡城，一个苍茫的暗夜，一场雪突如其来，下得越来越紧。

雪打在树叶早已悉数败尽的枝丫上，发出沙沙的响声。在街边惨淡的灯光下，依稀可见一个蓬头垢面的老妪正用一根小小的竹竿牵着一位高个子盲人缓缓而行，二人单薄的身影在暮色中时而清晰时而模糊。

盲人用右胁夹着小竹竿，一把琵琶置于背上，一把二胡挂在左肩。那是把泛着光泽的红木胡琴，他咿咿呜呜地拉着，神色苍凉，

① 《二泉映月》，二胡曲，由阿炳创作。阿炳原名华彦钧，民间音乐家，因患眼疾而双目失明。他刻苦钻研，精益求精，并广泛吸取民间音乐的曲调，一生共创作和演出了270多首民间乐曲。留存有二胡曲《二泉映月》《听松》《寒春风曲》和琵琶曲《大浪淘沙》《龙船》《昭君出塞》六首。

二泉映月

胡琴在漫天飞雪中发出宛如皓月般清冷凄美的声音。

这是怎样的一种漫无边际？宁静、愤恨、不安……在音乐的抑扬中，他回到了那个天真烂漫却透着淡淡悲情的少年时代。

他是个私生子，自出生那日起便被无情地剥夺了获取家庭慈爱的权利。当他的生母无奈地以结束自己的生命来抵抗世俗的歧视，他性格中一些隐秘的部分已经初露端倪。然而，彼时的他对这一切却并未觉察。当在外寄养几年的这个少年回归生父华清和身边之时，眼光所到之处，似乎更多透出的是不解与疑惑。

从很多资料中我们都可以看到，他当年是叫着“师傅”来到当道士的父亲身旁的。“师傅”华清和，自号雪梅，精通各种乐器。为了能和“师傅”一样博学，他勤学苦练，不久就熟练掌握了二胡、三弦、琵琶和笛子等多种乐器的演奏技艺。

那样的一个青葱时代，他一直只当自己是一个蒙好心人照料的孤儿。然而，天才的艺术家们大抵与生俱来地怀有敏感的洞察力。成年后，他性格里生出一种惊人的隐忍及对世情深刻的怀疑，这与他孩提时代的天真顽皮恰成对比。

如果用绿色来形容他的少年时代，那么他的青年时代则是暗沉的灰色。

——21 岁那年，他突然在师傅华清和病逝前知道了自己低微的身世。试想，于一个内心骄傲的青年，这该是怎样的一种失望与悲怆？无法承受的生命之重让他窒息，让他坠落云端。他，无锡城洞虚宫里的新任当家道士，一夜之间性情大变，开始放任自流，吃喝嫖赌，甚至吸食鸦片，最终因梅毒之疾而双目失明。

生命的色彩瞬间定格为黑色，那一刻，他人生的大起大落亦随之尘埃落定。他丧失了对道观的控制，融入中国最底层百姓的行列，开始以街头卖艺为生。时至今日，每每读他听他，我的脑海中总会反复出现这样的念头：或许，流浪街头是他一生都无法逃避的宿命，或许，自出生之日起，他便注定要遭受苦难来承担惊世之作《二泉映月》这一任务。

罗曼•罗兰曾说，个人的感受，内心的体验，除心灵和音乐之外，再不需要什么。

是的，在历经生命的跌宕起伏、历经冰火两重天的巨大考验后，在接受神明冥冥中的暗示后，他的人生观开始日趋成熟。他已不再是一个单纯靠拉胡琴挣钱糊口的瞎乞丐，他逐渐将他的叹息、诉说、愤慨、反抗、无奈、平静及顿悟，以音乐的形式充分渲染开来，并将其完全凝聚在了那把泛着熠熠光泽的红木胡琴上。

是苦难的生活磨炼了他刚强的意志，亦激发了他对美好生活的无限憧憬。

来吧，让我们屏息聆听这首东方的命运交响曲……

胡琴咿咿呀呀地响起，一声深沉痛苦的叹息自操琴人胸腔而发，满含着一种无法抑制的情感，此时，操琴人似乎正陷入对往事的追忆与哀思之中。接着，琴声由弱而强，时缓时急，忽起忽伏，迂回推进，前后承递，循环往复，一拉三叹。忧悒的沉思，踯躅的徘徊，愤怒的呐喊，等等，诸多无以名状的情感，顷刻间已完全融入这把小小的胡琴之中……二胡曲《二泉映月》，最终成为他对人世对生命的洞悉与见解，深沉、悠扬而不失激昂的乐声，撼动着千百万人的心弦。

那是散发自人民底层健康而深沉的气息，那是一种民族的气度与精神。

1949 年 4 月 23 日，伴随着无锡城的解放，他和他的《二泉映月》均获得新生。翌年冬日，又见雪花飘飞，他安然病逝，终年 57 岁。后来，二胡曲《二泉映月》得到世界著名指挥家小泽征尔的盛赞，指挥家一听到它时便泪流满面，感慨地说，这样的音乐就当跪下来恭恭敬敬地倾听。再后来，他的乐曲被广为传播，响彻海内外，在老外眼中几乎成为中国二胡的代名词。

很多人说他伟大。遗憾的是，他早已静静地长眠于黄土之下，无暇顾及斯世的任何评价。无锡城的月光依旧沉静，惠山脚下的二泉水依旧汩汩流淌，大红的幕布徐徐拉开，依旧上演着俗世的繁华与苍凉……

2013 年，6 月。

秋风词：长相思兮长相忆[①]

这一刻，当我轻抚着案头的琴诉说对你的思念之时，风轻轻吹起，吹皱了小轩窗外的一池清水。我不知道为何我们的故事一直伴着这微凉的风，亦不知今年的秋，风为何总是如此漫无边际地飘，它能否如鸿雁一样将我的万般思念捎至远方的你？

我本为琴妖，隐匿人间千年，再有三百六十日的修行，便可幻化为人。初见你的那日，晚风轻柔，月光静静地映照着四周朦胧的树影。我如常来林间漫步，你羽扇纶巾，正独坐幽篁抚琴，低眉微蹙，衣袂飘飞。玄妙的七弦琴音在你指尖缓缓流淌，如和风化雨，让我封存千年的心瞬时变得欢喜。自那日后，我便恋上这琴声，夜

① 《秋风词》，古琴曲，以闺怨为内容的著名小曲，出自民国初年《梅庵琴谱》，原谱旁注唐·李白“秋风清秋月明……”原词，概由音乐家徐卓根据其师、清末民初音乐教育家王燕卿《龙吟观琴谱》重新整改修订而成。

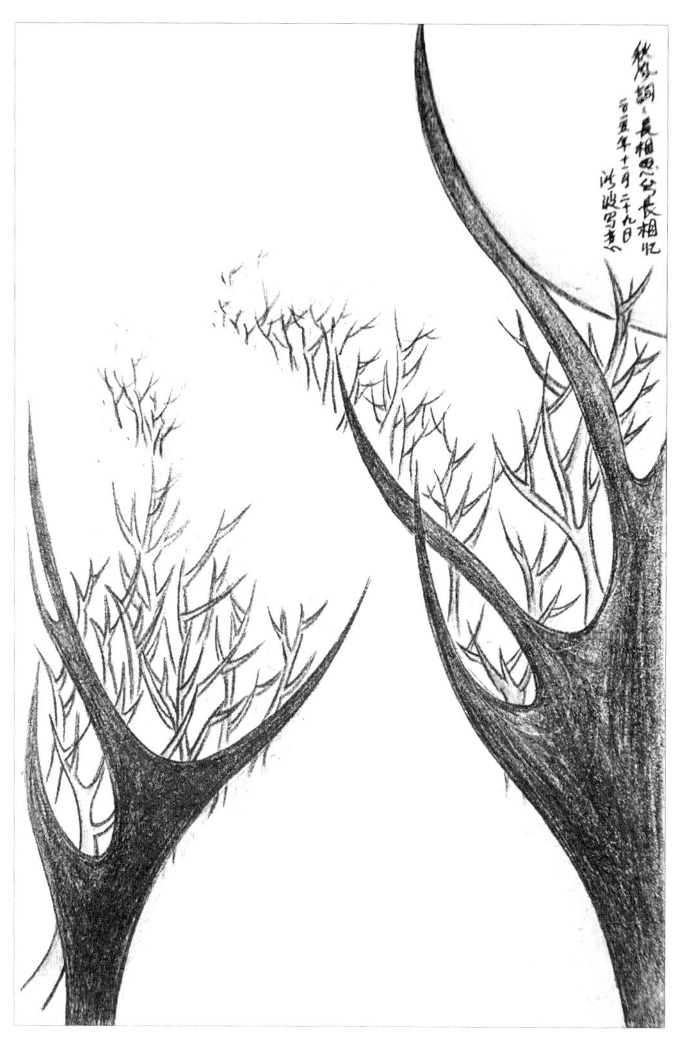
長相思兮長相忆
鸿波写意

夜来此守候聆听。那些日子，你从不曾知晓我的存在，只一味地弹琴长啸，抹、挑、勾、剔，操琴指法之娴熟洒脱，是我千年未遇。

“入我相思门，知我相思苦，长相思兮长相忆，短相思兮无穷极。”是我爱的《秋风词》，诗人李白之作。琴声伴着穿林打叶的声响，苍凉而柔肠百转，让我窥见外表温雅的你内心实则有着同我一样的寂寥。多想给你温暖，与有情人做快乐事，管他是劫是缘。

终有一日我鼓足勇气，羞涩地向你诉说了对琴声的眷恋和对你的仰慕，尽管我知你而今也只是暂居此间，日后必将离开这里，前往那遥远的北方实现你的人生抱负。但我仍愿与你琴歌一韵，醉忘流年，待多年后回望这段岁月，亦是我人世中最美的记忆。

我们坐在月色里了，相顾无言。我仔细看你，你看着我说：“我好似前世见过你，你眼下泪痣竟生得如此清婉。”你的脸轮廓明朗，眼神冷峻忧郁，看我的瞬间却绽出柔情，那夜我发丝飞舞，眼底有风情流转，眉心竟生出桃花。

举杯邀月，抚琴吟诗。我在竹林的岁月，不曾如此诗意过。

今生能与君片刻厮守，已不枉来人世一遭，可是快乐的时光总是转瞬即逝。当甜蜜的青色的憧憬，附和着鸟鸣与琴声在这个秋天抽芽之际，你说你要上路了。你本是志存高远的男子，不会痴于红尘情事，况相识一场我一直向你隐瞒了本为琴妖的真相，这于我是心存愧疚的事。

“我走之后，你要好生照料自己，待他日我必回来寻你。”你轻抚我发，目光幽深如潭，锁住了我的黯然。

执手默视，魂断，千军万马啸吟于胸。月下，静水深流。风吹着风，恍见江南水袖翻飞。今夕何夕？两个人的竹林。我要的其实就这么多。

我定幻化为人，等我！

你离开那日乡间秋风轻扬，空气中开满了阵阵花香。你策马而去，马蹄踏飞尘烟阵阵，伟岸身影在我的眼中渐行渐远，瘦成一枚惆怅的月。我巧笑倩兮，脸上却有两行水珠缓缓流下，不知那究竟是雨还是泪？

我终究是低估了思念的苦痛，原以为可以醉笑陪君三万场不诉离殇，不想别后时光竟如此寂寞。“秋风清，秋月明，落叶聚还散，寒鸦栖复惊。相思相见知何日？此时此夜难为情！”如果让夜停止清唱，只留下淡淡剪影，是否我的惆怅会随着夜的静止而宁静？如果让回忆停止漫延，只留下浅浅余温，是否我的思念会随着记忆的终止而停歇？

“入我相思门，知我相思苦，长相思兮长相忆，短相思兮无穷极。”多少个月明之夜，我都在反复弹唱那首《秋风词》，它是你我相聚之日弹唱最多的琴曲。泠泠的七弦琴音在我的指尖翩飞，清亮流动的滑音，渐渐浮起，慢慢升高，犹如我此时的心情，犹如深潭之水，渐起涟漪；我的相思如乱麻纠缠，剪不断理还乱，哀婉的琴声与潺潺雨声相扣，道尽我重重心事，散出了我的情愫，凝结了我的思念。

风如野兽日夜狂嗥，败叶悉数落尽，一朵离别，在枝头以痛苦的姿势绽放。不相见便不相恋，不相知便不相思，你啊你，远方的你怎知这份相思的缱绻绵长？林间的绿竹知晓，山间的小鸟知晓，它绕过春秋，别离冬夏，听惯了蝉音，看穿了柳絮飘飞……

罢罢罢，此情可待成追忆，只是当时已惘然，你我之间的夙缘恐是只能于梦中再续了。我因修行未成触犯天条，已被责罚永世为琴，万劫不复……

君，我多想琴音能传入你远方的京城，多想我单薄的琴身等到复见你的时刻。待那日，山花烂漫，北雁南归，我定藏于暗夜，于一瞬浅笑间长叹一声：长相思兮长相忆，短相思兮无穷极，早知如此绊人心，何如当初莫相识……

2013 年，6 月。

满江红：莫等闲白了少年头[①]

幼时看过一部电视剧《四世同堂》，剧中有段京韵大鼓《重振河山拾旧梦》很是好听，后来听了古琴曲《满江红》，觉得二者虽形式不同，表达的情感却大有相似之处。

一直以来，受个人兴趣影响，我似乎更倾向西方古典音乐，近几年才迷上传统国乐。去年和朋友跟着一位老师学吹了一段时间的埙后，逐渐觉得琴箫埙等方面的古曲，真是国粹，与惯听的管弦乐相比，别有一番旷远绵长的韵味。

说起《满江红》的词牌，人们大抵都是知晓的，最有名的就算是岳将军那首了，可相比之下琴曲的资料就非常少了，大量查阅下

---

① 满江红，古琴曲，曲调悲壮激昂。现行曲调原与元代萨都剌的词《满江红·金陵怀古》相配，后与岳飞的《满江红·怒发冲冠》配唱，广为流传。

才发现屈指可数的两个版本。其一来源于清人王善为岳飞词作曲的古琴曲《精忠词》。据说抗日战争时期，沪上著名的古琴社团今虞琴社的琴家们曾将此曲打出传唱。该曲在传统琴歌的基础上吸收融化了昆曲的某些长处创作而成，曲调激昂慷慨，在一定程度上曲折地反映了当时的民族情怀，可以说是一首不可多得的琴歌杰作。另一来源于1920年“北京大学音乐研究会”所编的《音乐杂志》上，曾一度出现一首《满江红》曲调，所配歌词是元代诗人萨都剌的《金陵怀古》。但是关于这首《满江红》曲调的来源，至今未有确切的证明，一般称之为“古曲”，音调颇为悲壮雄伟。后来，至1925年，有人曾将岳飞的《满江红》歌词与这首“古曲”配唱，倒也十分契合，自此广为流传。

其实，我一直觉得《满江红》的唱腔要比琴曲更富有张力，更能让人热血沸腾。有人考据这阕词作于岳飞被迫奉召班师到入狱一年多之间，地点在庐山东林寺。彼时的岳飞早已是华发丛生，戎马一生，年逾不惑却遭奸人陷害，成为一介赋闲之人最终屈死风波亭，少年时便怀有的尽忠报国的抱负就此灰飞烟灭，其内心的悲切和壮志未酬的冲突可想而知！

历史似乎总是有着惊人的相似之处，岳将军离世时年仅39岁，三国周郎亦是39岁英年早逝。均为壮怀激烈之能士，一个想在有生之年乘胜追击率兵直捣黄龙府，洗刷靖康之耻，一个想襄助主公成就一番宏图大业，无奈却都是天不庇佑早早离去。一代良相诸葛孔明虽说是比周郎长寿了些，却也是出师未捷身先死，长使英雄泪满襟，怎能不教后世斯人生出千般万般的感慨？

在这点上，那个跨战马杀敌无数的北魏女英雄花木兰可就显得幸运多了。伊不爱红装爱武装，驰骋疆场飒爽英姿，打了几个漂亮的大胜仗后衣锦还乡做回了女儿身，相比那些怀有更远大理想却以悲剧收场的男子汉们自然也就多了几分的欢喜，因此我便时常能在古琴曲《木兰辞》的慷慨壮烈中，听得出一丝丝的欢快之气来。

说来道去，《满江红》也好，《苏武牧羊》《木兰辞》也罢，最终都表达着一种人生无尽的叹息。壮志未酬，匆匆，太匆匆！这两年我还常听到有人在山里吼几嗓子秦腔《孔明祭灯》，尽管在形式上与风雅的琴曲、箫曲的表现大有不同，意境却是一样的悠远苍凉。殊不知若用秦腔的形式来表现《满江红》，又当如何？

“丞相祠堂何处寻，锦官城外柏森森”，“莫等闲，白了少年头，空悲切”。我时常会想，比起先人的悲壮，今时的我们当真是幸运得多，然而却往往不大懂得惜取。待物是人非意欲挽留时，恰便是韶华逝徒伤悲……

2013 年，7 月。

关山月

一

三年前，省台一个摄制组来小城拍摄一部关于家风的纪录片，再三请我去配合录制其中一段弹古琴的镜头，我深知自己弹得不好，可也推辞不过，便应允了。

是个夏日午后，依着导演要求，独坐竹影婆娑的古宅张家大院，气定神闲抚琴一曲。这般清凉幽静的小院，抱琴于此，心情自然是熨帖的。

那天选择的曲子，是李白的《关山月》，这是我弹奏最为熟练的一首琴曲。

杜甫曾有诗云：“莽莽万重山，孤城山谷间。无风云出塞，不夜月临关。”是的，有山，自会有月。当然，《关山月》中的月亮，却非当时人们所思之彼月。可每每夜阑人静弹奏此曲时，心中难免生出这样的疑问，既然思乡之情，人皆有之，而李白祖籍天水，是否可以做此设想，也许他诗中所吟之月，会有他所念故乡月色的影子吧。

好比杜甫，不也曾在客居天水时，写过那首流传千古的思乡之作，“露从今夜白，月是故乡明”。如此这般想法，竟让我多次弹奏《关山月》时，瞬间觉得，那基本上可以视作是我于这苍茫夜色中，弹给家乡的关山听了。

“明月出天山，苍茫云海间。长风几万里，吹度玉门关。”皎洁月亮从祁连山升起，轻轻穿梭于迷茫云间，浩荡长风掠过万里关山，来到戍边将士驻守的边关。当其时，天苍苍，野茫茫，风吹草低……

意境何其苍凉。

二

汉横吹曲，始由张骞从西域传入，西汉音乐家李延年据西域胡乐更造新声二十八解。李延年是汉武帝时造诣很高的音乐家，中山人，出身倡家，父母兄妹均精通音乐，是以乐舞为职业的艺人。李延年年轻时因犯法而被处以腐刑，以“宦官”名义留于宫中。其“性知音，善歌舞”，是著名的阉人歌唱家，一度受汉武帝器重，可以说，对后世音律作词起着深刻影响。礼教不分家，他的音乐著述无一不为着封建王朝的统治，代表作想必很多人也都耳熟——《佳人曲》，对五言诗起着一个开端的作用。李延年技法新颖高超，且思维活跃，曾为司马相如等文人缩写的诗词配曲，又善于将旧曲翻新。

他利用张骞从西域带回《魔诃兜勒》，编为二十八首“鼓吹新声”，用以作乐府仪仗之乐，是我国历史文献上，最早明确标有作者姓名和乐曲曲名，并用外来音乐进行加工创作的音乐家。

据史料记载，自汉魏以来，音乐长河中，流传的就有《陇头》《关山月》等十八曲，但歌词无存。又有梁鼓角横吹曲二十余曲、六十余首，是十六国及北朝前期北方乐歌流传至南朝者。其中部分歌词应是胡语，后译成汉语，这些作品反映社会生活较广阔，风格粗犷。后世文人亦时有拟作。

天水这几年一直在举办李杜诗歌节，作为诗歌节的主持人，我几乎每年都会在主持词里反复写到关山月，陇头流水。并且，在首届诗歌节开幕式上，还曾专门邀请当地名家琴箫合奏过一曲《关山月》。细想下来，应该是骨子里对故土文化的某种喜爱吧。

“鼓角横吹曲”，关山月作为汉代乐府歌曲之一，常为当时守边将士马上所奏唱。《乐府解题》说：“关山月，伤离别也。”

无论征人思家，思妇怀远，往往都离不了这“关”和“月”两个字。

“关山三五月，客子忆秦川”（徐陵《关山月》），“关山夜月明，秋色照孤城”（王褒《关山月》），“关山万里不可越，谁能坐对芳菲月”（卢思道《从军行》），“陇头明月迥临关，陇上行人夜吹笛”（王维《陇头吟》）。

比比皆是。

如果说李白的诗大多用“月”“旅”“酒”来排遣个人的愤懑的话，那么，他的这首《关山月》，恰恰表现了关心民生、悲天悯人的另一种情怀。

诗人着笔边塞以述怀，谴责战争带给人民的苦难，气势博大，意境深远，读来哀婉凄凉，雄浑悲壮。只是，身为女子，因性情所致，即便能深切感受到此诗的悲怆苍凉之气，弹奏时仍避免不了弱化豪迈，往往侧重于悲悯之情。不过，一千个观众就有一千个哈姆雷特，从禅宗“以心感悟”的观念来讲，又有什么大的区别呢。

换个角度，这又何尝不是一首闺怨诗呢？

才思飞扬的李白，写闺怨诗果真也极好，伟大的诗人，自然能够驾驭各种题材，在豪迈与细腻中自由穿梭。而事实上，那个时代，闺怨诗也的确是比较流行的。

试想，当美丽的汉代女子遥望远方月亮，思念着自己的夫君，操心他的安危惦念他的食宿，每天掰着指尖细数那些指缝间流走的光阴，那份盼归之心，何其热切。设若穿越千年，我亦是其中一位，又不知是否会终日以泪洗面……

三

琴曲《关山月》看似短小，所用指法亦不复杂，却因其内涵的深沉，弹奏起来并非易事。如今回想，在我初练过程中，感觉最难的就是这连续过弦了。印象中古琴大师龚一在一部说琴的短片中，曾重点提及过《关山月》的弹奏。他认为第一句的处理，应该往下按一个毫米，而不能贸然弹奏，当然，若选择这样的审美标准，则会有不同的技术处理。

作为弦歌的《关山月》，也是极具代表性的，因着意境苍凉悠远，很多琴人都喜欢弹唱此曲。我的古琴老师，琴歌弹唱自成一派，别有一番高古韵味，但老师身怀戏曲功底，而作为我，唱到她那样的高音处，就多少有些难度了。

几年前，有一回看央视音乐频道，无意间听到一位琴家弹唱此曲，觉得比较适合自己的音域，遂跟着反复唱过几遍。因了我当年这一番勤奋，连彼时仅六岁的女儿，竟也爱上了这首《关山月》。每每琴社雅集，她就喜欢给大人们露一嗓子，想来也是十分有趣。

现存《关山月》曲谱，较早是1768年刊行于日本的《魏氏谱》，据说为明朝末年避难于日本的魏之炎所传。另有了解中国音乐历史脉络的行家，把这支曲子主旋律的最早出处，还原到六朝时期的乐府，说李白正是依据这首官方乐府勘定的著名鼓乐横吹曲，才填出了脍炙人口的千古绝唱。

想必，李太白会时常弹奏自己赋诗的《关山月》吧。那日，春山雨后，山中清幽空蒙。他与意气相投的友人举杯对饮，喝到酣畅处，诗人说："来，我弹琴，你吹箫，合奏一曲，若何？"

一曲，复一曲。弹罢，又一首千古绝句瞬时泉涌而出——

两人对酌山花开
一杯一杯复一杯
我醉欲眠卿且去
明朝有意抱琴来

千年之后，我想象着当时情境，眼前仿佛出现了诗仙弹琴赋诗的那幕画面。或许大诗人还是当场即兴打谱《关山月》也未可知。我想，他们弹奏到豪迈苍凉处时，一定是潸然落泪了吧，只可惜，曲谱却未流传下来。说到古琴谱屡屡失传的事例，自古并不鲜见。诸葛亮《梁父吟》，周瑜《长河水》等琴曲的失传，不就是琴史中一件憾事？

当然，至于李白是否打谱《关山月》一事，也仅限于我的个人想象，是否真的有据可考，觉得倒也不甚重要。

有关《关山月》的各种版本，我还曾读到过一种不太符合事实的说法。据传，此曲由王宾鲁改编自山东民歌，起初刊于《梅庵琴谱》，因着李白这首诗而得名，其音调虽与《魏氏谱》有所不同，调式与气韵却是接近的。

说起王宾鲁和《关山月》的传谱，堪称传奇。因之与山东民间小曲《骂情人》相似度较高，20 世纪初被彼时的圈里人议论纷纷，说抄袭自济南歌伎用柳琴弹唱之小曲。这样有悖琴道的负面新闻，一度为年轻的琴师带来麻烦，以致其无法维持生计。无奈之下，他唯有背着一把琴，背井离乡，一路辗转至金陵。

1921 年，晨风庐琴会半年之后，王宾鲁在南京高等师范学校撒手仙去。所幸他的弟子徐立荪完成了老师一生夙愿，将他身前整理的古曲合编到一起，起名为《梅庵琴谱》，刊行于世。

音乐啊，终归是生命孤独的语言仪式。

一曲琴谱，历经世事沧桑，可听见汉唐之声。它，究竟是流传的故事，或某种声音的仪式？

时光之河缓缓流淌，那些闪烁的星子依旧如昨，关山的月亮一如既往照亮着人间。百余年来，世间越来越多的人爱上了《关山月》。可是，在琴曲体现苍茫，更有闺怨的层面，我却总觉得有所欠缺。

某日，忽而生出一个念头，《关山月》古琴版本众多，都是先有琴谱，后再填词，也就是，李白的诗其实是跟着琴谱走的，深思一番，既不统一也不协调。且《关山月》琴曲中，大量出现轮指，细数下来，轮指一段就有八处，这在其他琴曲中是绝无仅有的，感觉上多少影响了李白诗歌意境中的豪迈之情。今世今时，琴人是否当以李白诗为主，围绕诗的意境，再来体现琴曲呢，是否可以将几处轮指，改为刺、挑、吟、虚上、猱等指法？我倒是极有这个愿望，可是，能力有限，何日才能实现呢？

试问当下习琴者，何不尝试着，为此曲重新打谱？

2020，春。

春晓吟

瘟君春暖去，春分不再宅。翩翩归燕至，满目连翘开。这个冬春，因为疫情的缘故，在家宅得过久，委实向往窗外的蓬勃生机。春分后一日，电话与友人相约，前往野外赏春去。

下了车，缓缓行，一边聊着天，一边感受早春清新的气息。但见田野里小草破土而出，远远望去一片嫩绿，花儿亦是徐徐绽开，正在探望这辽阔而光明的世界。

这些可爱的草木啊，想必和憋久了的我们心情一样激动。春天的颜色太清丽，让人心上猛一欢喜，由不得便想听听乐音。打开手机网易云，点开一首龚一大师弹奏的古琴曲《春晓吟》——

此曲，真是太适合此情此景了。

一段散音之后，泛音轻轻响起。闭目静听，几声鸟鸣从不远处传来，时隐时现，一应一答。流云在天边，漫溢的琴声流淌于宁静山野之间，淹灭了所有山峰与谷涧。自习琴以来，一直喜欢龚大师弹奏古琴时那份飘逸洒脱，此刻，感受尤切。

“春眠不觉晓，处处闻啼鸟。夜来风雨声，花落知多少。”朋友听着琴曲，童心大起，不觉摇头晃脑吟诵起诗来。想起儿时跟着母亲背唐诗，除了“鹅鹅鹅，曲项向天歌”“白日依山尽，黄河入海流”之外，最先记住的，似乎就是孟浩然这首《春晓》了。

春日里，万物开始复苏。不知不觉，天就亮了。随处，可以听见鸟儿鸣叫。回想昨夜阵阵风雨声，不知，究竟吹落了多少噙着雨珠的春花。尽管如此，花儿开了，花儿谢了，阳光，依然尽着自己本分，让整个世界变得万分明媚起来。

说起春日，南方要比北方小城来得早一些，无意地一抬头，就会发现柳树冒出了新芽，桃花、樱花什么的也开始含苞待放。而在北方，你会看到第一株草的破土而出，第一群蚂蚁顶开泥土出来觅食，第一只燕子飞回来匆匆筑巢，每一缕春意，都会通过你的眼睛渗入你的内心深处。

春晓这二字，起初看，真不觉得它有多么惊艳，甚至还有些普通。可是经年之后，给人的感觉真的有所不同。如同有女子被称为第二眼美女一样，该怎么去形容那种感觉呢，应该，是一种天然的小清新吧。

在大学教历史的中学同窗小周，是个性格疏朗的女子，笔名多年来一直未变，春晓月明。有次闲聊，问起为什么想起叫这名儿，她大笑：“春晓不是诗歌嘛，春天的凌晨还有月亮，多好。”

是的，草木蔓发，春风十里，一切都是欣欣然的样子，于是乎，春晓这个词也随之有它独到的审美意味了。这也难怪相识的朋友中，仅此为名的就有好几个，想来，大人们当初起名时，就是带着诸般美好愿景吧。

几年前认识了一位名叫晓春的姐姐，曾是戏曲演员，后来离开剧团调至图书馆，过起每天与书为伴的日子。于她而言，文字功底弱，写作是件挖脑髓的事，可她却不畏不惧，乐于其中，乐此不疲，最终有了不小的进步，还在报纸上开办过写梨园轶事的小专栏。

后来，晓春姐又利用闲暇考取了心理咨询师的上岗证，为一些不幸的家庭做着心理疏导。春节疫情肆虐期间，她宅家认真练起了钢琴，有时会开心地在电话里弹琴给我听，总之，印象中的她就是阳光的代名词，很少看到她沮丧的样子。有一回见面，我说，以后若是想学古琴了，一定要弹会这首《春晓吟》，春晓，晓春，简直就是在吟咏你的达观人生呀，她欢喜地连连应允。

《春晓吟》属中国古琴名曲之一，最早见于明代《西麓堂琴统》，《二香琴谱》认为它“和平、中正、大方”，为诸曲之冠。

琴曲很美，意境也好，与《梅花三弄》《渔樵问答》《碧涧流泉》等曲相比，它的篇幅看似不长，但是弹奏起来却也有一定难度。许是音位太多的缘故，不好记忆，这些年，感觉身边弹奏此曲的琴人似乎也不太多。

曾经读到龚一大师对此曲的解读，说古琴曲中，炫技的曲子往往声多韵少，在音乐性上固然很能抓人的耳朵，但总与琴味有隔；而某些短小的，或者技法并不高难的曲子，倒能充分体现出琴曲那清微澹远的意境，比如《春晓吟》。

事实上，几年前我曾一度迷上这首琴曲，甚至有段时间练习它颇为勤奋，可由于惰性使然，至今弹得不好。这真是件让人惭愧的事。

练习《春晓吟》时，我偶尔也会想起柏拉图说过的一句话——

“我们一直寻找的，却是自己原本早已拥有的，我们总是东张西望，唯独漏了自己想要的，这就是我们至今难以如愿以偿的原因。”

这个周末的下午，春风和煦地吹着，我随意翻看着喜欢的书，喝着明前春茶，远眺那南山如黛的远影，突然，就想弹琴给可爱的春姑娘听了。

那么，一曲《春晓吟》，你说可好?

2020，春。

听　琴

守　候

一曲弹罢，她给我讲了一个故事。

群峰深处，依山而建一个村庄，家家户户都会唱曲。每年春暖花开时节，村里便会响起悦耳清亮的歌声。有一对小夫妻，刚结婚不久，非常恩爱，每天太阳升起的时候，都要面对群山唱会儿歌。声音既出，云朵也会随之翩翩起舞。这是在为他们炽烈的爱而欢喜呢。

一日，新妇如常外出劳作，不慎坠落悬崖，香消玉殒。丈夫闻听噩耗，一时悲恸不已，多日对着群山枯坐。不吃不喝，亦不曾有半句言语。某个寂静的傍晚，月上半弯，村里袅袅升起了炊烟。突然，传来一阵深情凄婉的歌声，让整村人听着听着黯然落泪，就连村里的大黄狗也和着歌声齐吠。细听之下，歌声原是男人沉默多日后的第一次哀鸣。

“想你哩，想的三天喝不下半碗汤，我想你是真想哩，你想我是骗人哩。”一曲终了，男人纵身跃下悬崖，身影融入漆黑无边的暮色，冷彻寒夜的歌声却如影随形……

故事很短，几分钟便已讲完。我以为它只是个故事，她却认真地看着我，说这是她从母亲处听来的真事。

年届花甲的她轻眯双眼，完全沉浸于故事之中，又轻轻哼起了那支小曲，目光中似有泪光。平心而论，近些年因为记者的工作身份，我曾在采访中多次听过这类小曲，却由于听不大懂方言，实在觉得太土而不甚喜爱。但是，这一回，在她那间古色古香的琴房内，单单将此曲听出了另一番味道。

初春的风吹入窗棂，夜凉如水，仍透着一丝寒意。她手抚琴弦，开始了另一种方式的吟唱。

“月出皎兮。佼人僚兮。舒窈纠兮。劳心悄兮。”

《月出》，出自《诗经》，是她新近正在弹唱的一首琴歌。琴声较之先前的小曲，添了几丝优雅，伴随着歌声更显哀婉苍凉。让人不禁联想到诗中女子的美丽面容，深深感受到诗人越思越忧，越忧越思的沉郁。那一刻，恍然间进入一种情境，穿越千年岁月，彼时忧伤的诗人与站立悬崖一边痴痴张望的汉子，重叠为同一身影。

他与他，正在满目期待眺望远方，等待自己爱人的归来。

同来望月人何处，风景依稀似去年。心爱的人儿，你可知道，你在，或者不在，我都在这里。

曾看过一部韩国纪录电影，《亲爱的，不要跨过那条江》。在江原道横城山村里，98 岁的老爷爷赵炳万像强壮的樵夫，89 岁的奶奶姜溪烈像娇羞的公主，他们在雪里吃初雪，堆雪人，手拉手才能睡着，身穿的传统韩服，都是精心搭配的情侣装。倘不是画面里的电饭煲和电话，很难相信，这世外桃源里的绝世爱情，发生在当世——2014 年。

守候，如此美好与决绝。它是对爱情最美的歌颂，是对生命最高的咏叹，古往今来最动人的情感，莫过于此。

辗转了宿命，注定了邂逅，却天涯两茫茫。如果，清风有情，那么明月可鉴，斩不断的是我缠缠绵绵的思念，绕不出的是匆匆而过的年华。我们，从不曾相忘于江湖。

转身，安然守候。心与心对望。

在音乐间，在电影里，在现实中，爱情因为坚守，被赋予宗教意义。它让红尘俗世中的一份普通情感，瞬时有了禅意……

雅与俗

对爱的歌颂，对生活与生命的咏叹，自古以来，便是文人们最愿意赋予精力的创作。于我，一直觉得，此亦是最能在瞬间打动人心的艺术特质。

或许，这就是情感赋予其的最奇妙之处。

以琴歌为例。

记事起，便从父亲录制的琴曲中知晓《阳春白雪》，它也是春秋时期的一首著名琴歌，弹奏着冬去春来、大地复苏的欣欣然景象。

记忆中，每当父亲的手指按下红色的播放键，磁带中便会响起如水声般动听的琴音。

少时的我，瞬时觉得周围的一切都似乎静止了……

读书之后，逐渐明白，阳春白雪原是指高雅的艺术形式，出自《楚辞》，一般来形容雅。而大众常说的下里巴人，则通常被形容俗。

后来，又有了属于自己的古琴，有机会现场聆听曾经只能在光盘中听到的琴歌，也了解到古琴中原有许多抒写爱情的歌曲。仅李白而言，就有《秋风词》《长相思》《关山月》，等等。

“长相思，摧心肝。日色欲尽花含烟，月明欲诉愁不眠；入我相思门，知我相思苦。早知如此绊人心，何如当初莫相识……”

诗歌，让古老的乐器拥有了更为美好的意象。

某日，与一位通音律的老师闲聊。说到琴歌与小曲时，谈及音乐形式的雅与俗。他说他印象中的琴歌，仅限于文人们的吟唱，属闲愁或悲愤等自我情绪和情感的表达，可以称之为雅，但于他看来，实际上也就是矜持一些。

据相关资料，小曲是山歌的内敛化表达，已经由民间艺人们二度加工，可以在室内和年节庙会上由艺人们演唱。而山歌，则是旷野中一人或几人的自由创作，是人性和个性的无拘束舒展和张扬。

我们生活中爱听的情歌，大抵有三种不同的情状。山歌式表白，粗犷且直白，豪迈且畅快；小曲类艺人们的演唱，多属逗趣、引笑或委婉的意会；此外，便是文化人的诗词歌赋了。

老师认为，艺术形式中所谓的雅，只不过是多了修饰。在情爱的表达上，真正将好的山歌小曲、文人创作的诗词相较一番，无法评述受众的雅俗之分。好比李清照的“暗香盈袖”、秦观的“朝朝暮暮”，《信天游》中“上河里的鸭子下河里鹅”“一对对毛眼眼望哥哥”“咱们拉不上话就招招手”，等等。从传唱度来讲，反倒是貌似下里巴人的民歌，更为动人。

我仔细想了想，觉得老师说的很有一番道理。仅就琴歌与小曲而言，在大众眼中，前者显然古雅一些，小曲则通俗得多。但，若让我真正从实质上去界定二者的雅俗，一时真难定论。

朋友 Y 也说，倘若为情爱附加过多文化腔调，以至其高尚和高雅，实际上早已远离情歌原本的心灵冲动，失去情歌人的本性，没有了真情实感。

既然，相思之意无关雅俗，足见，艺术的形式，随时是可以共融的。

慢

时光静些，再静些。

慢下来。听琴。读几页线装书里的句子。

琴声与书页里，呈有古早的诗意。秋之夜，凉如水。有光，可入琴音。

若你正忧伤，这忧伤会变美。

“月出皎兮。佼人僚兮。舒窈纠兮。劳心悄兮。”

在那么早那么早以前，人们悠哉兮，就连相思也是优雅而漫长，那么富有诗意。

一直钟爱月出时节的朦胧意象，经年沉溺于苍茫时分踏月色行走的恬淡感觉。在我的身边，很多友人大抵热爱黎明破晓时登临山顶，只为一观喷薄而出的朝阳，鲜少有人如我这般热爱暮色，守候月出。思来想去，起初以为是自己生性懒散起不了早，抑或是深藏悲剧情结。后来，才慢慢发现，原来内心深处，终究喜爱月的那份沉静与从容。

细数落花因坐久，缓寻芳草得归迟。很多时候，我们的生活过于严肃，时常忘记微笑，忘记看树叶如何变黄，忘记看鸟儿的翅羽如何划过长空……太多的繁复与匆忙，让人心浮气躁。觉得浮躁，那是心不够定。

需要慢，需要休息。

米兰·昆德拉有部作品——《慢》。作者在虚实之间始终追求一种曼妙、闲适的生活。读过的人很清楚，这种慢生活，只有在对精神的消解和建构中才能获得。只有解构了对快速生活的追求，解构为荣誉而在舞台上的“舞蹈”，才能在对虚无的追寻中，懂得建构如何才能闲适生活，享用那份独有的快乐与真实。

有时候会觉得，对于当下行色匆忙的城市人群来说，《慢》或许并不是一本适宜的小说，徒然增加自我的否定和烦恼。

九月将末，天凉风起。择一周末晴好之日，独登慧音山，特意感受一番暮秋之美。夕阳西下，缓行下山，看到一轮晕黄的弯月徐徐升起。日月同辉，阴阳两极，如小曲与古琴的雅俗对照，亦如我们的生活，左手倒影，右手年华……

2015 年，10 月。

学琴偶记

我想象着古人弹琴的时候，定然是居高山之上或者流水之间，这样才显得出世之后的超脱与淡然。所以，很多时候，当我学琴的过程中，总是习惯先设定一个情境，甚至为一首琴曲假想出一个荡气回肠的凄美故事，这或许是我骨子里根深蒂固的悲剧情结所致。

是的，一直以来，欢天喜地的故事我都会搜寻出丁点儿悲情意味来品，更何况《秋风词》这首彻头彻尾的以闺怨为内容的著名小曲。

对于如我这般的初学者来说，老师大抵会让拿着歌词边弹边唱，这样应该比较容易理解曲子的内涵，弹起来也更容易把感情投入。拿《秋风词》来说，这首出自民国初年《梅庵琴谱》，原谱旁注唐•李白“秋风清秋月明……”原词，概由音乐家徐卓根据其师、清末民初音乐教育家王燕卿《龙吟观琴谱》重新整改修订而成的曲，是典型的悲秋之作。秋风，秋月，落月，寒鸦，烘托出悲凉的氛围，加上诗人奇丽的想象和对自己内心的完美刻画，让整首诗显得凄婉动人。

在这深秋的月夜，诗人望着高悬天空的明月，看着栖息在已经落完叶子的树上的寒鸦，不禁黯然神伤。曾经的点点滴滴，像放电影，在脑子里回放着，此情此景，不禁让人心生悲伤和无奈。

李白实在名气了得，但凡提及《秋风词》，大都知道是这位太白大诗人所作，而作为琴曲，除了琴家了解多一些，知道其背景的人应当并不甚多。

《秋风词》其实有好几个版本。据资料载，明嘉靖间黄献《梧冈琴谱》的《秋风曲》，是以六朝张翰思鲈的故事为曲境的一个无词琴曲。与黄献同时汪芝的另本《西麓堂琴谱》的《秋风》却是另一有词的琴曲，原词是“秋风秋风秋风生，鸿雁来也，金井梧桐飘一叶，叹人生能有几许光阴！……想人生能几何”。而由日本物部茂卿所得《秋风章》，却又是指汉武帝的《秋风辞》，因而此曲又名《秋风辞》。

我所描述的现时国内琴人所弹，全部是《梅庵琴谱》的《秋风词》，和以上三古谱均无关系。

在我起初弹唱《秋风词》时，单是觉得意境很美，也许是自己已经过了相思的年龄，实难找到那种让人心痛的感觉。但当手中抚琴，口中吟唱时，特别是唱到“入我相思门，知我相思苦”一句时，琴曲与天才诗人的词完美结合的效果突然便显露出来，自己也被带入曲中的境界。

“长相思兮长相忆，短相思兮无穷极，早知如此绊人心，何如当初莫相识……”人生如戏，或喜，或悲。很多事，过去了，就注定成为故事；很多人，离开了，就注定成为故人。

琴的沉郁较之筝的轻扬，似乎更能触动内心寂寞的地方。

这种有着三千多年历史的乐器，能够把人内心最丰富、最细腻、最敏感的情怀都表现出来。这点是让我深深领教了。

2015 年，秋。

古琴梦

我爱古琴，所以从不吝啬与同样热爱音乐的友人分享感受，而每到这一时刻，我总会欣喜地发现，平日那个稍显木讷的我，比任何时候都要灵动。

这种欢愉当真是难以表述。记忆中，孩提时代便迷上了父亲录制的琴曲。彼时，87 版《红楼梦》正在热播，潇湘馆内黛玉低眉切切抚琴的情景应是我此生最早窥见的古人弹琴的美妙意象。现在想来，我对古琴的向往或许正是萌芽于斯。父亲录有古曲的那盘磁带中，有一位操琴的周姓乡贤，属虞山吴门派传人，先生 20 世纪 80 年代在国内古琴界已颇有些名头，琴棋书画俱通，名噪陇上。他当年所收一女弟子胡宝琴女士也已成为知名琴家。近两年我偶尔会在一些文人雅集的场合遇到这位与我同姓氏的老师，年逾半百，依旧美丽优雅，有一种卓尔不群的气质。我想，这定是古琴赋予她的

古琴梦
陈波写意
二〇一五年十一月二十八日

别样韵致。

窈窕淑女，琴瑟友之，古琴最早的记录便是出现在《诗经·关雎》中。唐代诗人刘长卿曾诗云：“泠泠七弦上，静听松风寒。”诗仙李白也爱琴，有诗描述：“蜀僧抱绿绮，西下峨眉峰。为我一挥手，如听万壑松。”等等。我常想，爱琴之人，大抵都是爱上了它的超脱与隐逸之气吧。若要形容古琴，它定是只在此山中、云深不知处的隐者，高洁平和、铅华洗净；它定是空谷中的幽兰，不沾丝毫尘世烟火。兰之猗猗，扬扬其香。不采而佩，于兰何伤。它的淡静、虚静、深静、幽静、恬静，当是极为优雅静态的美，格外要求弹琴者的心性与修养，唯其如此，方能与琴乐的风格和它所追求的意境相匹配。

若要问世间谁能与古琴相和？怕是唯有箫了。曾有一段时间，华丽的古筝亦向往与箫相和，却终究无法达到箫的清雅意境。箫的孤傲迷离和琴的古雅通脱糅成林下之风、超脱现实之境，这或许也正是琴箫之于中国传统文人们的一番迷情。如同不想对现实有所作为的庄子，为无数隐士开辟的不正是一条隐心的道路？对庄子而言，鼓琴足以自娱，而诸如嵇康、阮籍等逍遥自在的竹林隐士，都是善琴之士，田园诗人陶渊明其实性不解音，但他亦畜素琴一张，弦徽不具，每逢朋友聚会，便抚而和之，曰：“但识琴中趣，何劳弦上声。”

琴瑟在御，莫不静好。在琴声的抑扬中，古往今来隐士们的生命乐趣达到了极致。

我是真的羡慕那样的生活，向往一种隐逸和超脱。音乐家林海有句话说得好，把平常看似不可能集合的东西汇在一起，也只有在梦里和音乐里能够做到。想我学琴的念想萌芽甚早，经年后才得遇机缘与之接触，却也明白了操琴的艰难：抹、挑、勾、剔、打、摘、托、劈……很多乐器如二胡、小提琴都有泛音，技法很难，操作发出的声音非常好听，而古琴却有一百多个泛音，堪称世界上拥有泛音最多的乐器。可想而知，真要达到古人独坐幽篁里、弹琴复长啸的高古境界，谈何容易！

说到底，“谈琴”远比“弹琴”要轻松自在得紧，好比我面前这张清雅的素琴，置于家中几载有余，至今不大会抚弄，每回见之仍心存敬畏。细思量，实在是人生的一桩憾事。

寂寂三冬夜，铮铮七琴弦，杳杳关山月，岁岁不知寒。罢了，以我的懒散心性和笨拙，此生恐是弹不得几首曲子了，但这却不妨碍我对它的欢喜。空想也好，梦想也罢，在泠泠琴音中，且让我安得其乐，做一帘仅属于我一人的古琴梦吧……

2013 年，1 月。

叁 像罗拉那样歌唱

纯　真

他抱着一把木吉他，沙哑粗糙地唱着，从乌鲁木齐唱到北京。有些慵懒，有些信马由缰、散漫无章，唱得《中国好声音》的现场瞬时凝固，唱得我不由得停下手中的活，努力捕捉他歌唱时的每一个神情。

我对某种声音的迷恋，来自于它的朴素、干净和单纯，似乎传入耳中即可获得一种宁静。帕尔哈提的灵魂黑嗓无疑便是对远离喧嚣的真实世界的追溯，略显沙哑的低沉声线与其娓娓的叙述交织在一起，于我，瞬间有种抽离感。

音乐在不同的时代有不同的力量。有乐评人说，老帕的歌声，前半段有平克·弗洛伊德的影子，副歌转重金属嘶吼，整个歌曲又有美国乡村的感觉，这家伙太厉害了。爱他歌声的人大抵所见略同，这或许也是他甫一亮相，便惊艳四座的原因。

作为一个听歌有些年头的人，一直以来，我似乎越来越倾向于歌声所表述的内容及其背后的故事，至于技巧和音色，如同一个人的面子，当然重要，可相对于里子，一切似乎又显得轻盈了些。这也是我近几年才慢慢悟到的。我相信许多人都有自己心中的音乐，在一个特定的场景下，便会和掌控这歌声的那个人成为一见如故的朋友。

维吾尔族音乐人帕尔哈提，通过参加《中国好声音》让大家熟识，一夜之间拥有了无数粉丝。大家亲切地叫他老帕。我也算得一个老帕的歌迷——事实上，这几年我迷上国乐后，已经很少听摇滚乐了，可是好声音总决赛当晚，平时几乎不看电视的我，老早就守在电视机旁，单为听听老帕的歌声。诚然，他也丝毫没让歌迷们失望。

身边一朋友对帕尔哈提不置可否，说很多人喜欢他，是因为他的沧桑罢了。我仔细想了想，从他的经历来讲，这或许是一个原因，可我仍觉得他的歌声貌似沧桑，实则透着纯真，总能勾起人内心的安宁。摇滚乐为何自出现起便在世界各地炽烈而经久不衰，只因它矢志不渝追寻纯真。

纯真往往更能唤起人内心深处对美好的渴望与憧憬。

老帕的歌声始终低沉，冷静地吟唱，波浪般起伏的颤音，那么多沧桑恣肆，那么意味绵长。原创及翻唱的《思念谁》《你怎么舍得我难过》《花儿为什么这样红》等，如墨，在水中缓缓化开，情到浓时又奔腾执拗、悲凉不羁。在我听来，一定程度上已经超越了原唱，每一首都足以窥见隐藏于其冷漠外表下的独有的温存，这歌声将引领你进入一个广袤之境。

是的，他的歌声诉说着岁月的痕迹，它不属于华美的舞台，更适宜出现于风沙肆虐的旷野，或安静闲散的酒吧一角。

只随意唱着，唱给喜欢听的人听。至少我如此认为。至今难忘彼时的一幕，聆听了多年的许巍，站在偌大的演唱会现场唱《曾经的你》，喧嚣的舞台和安静的他，并不合拍。狂欢是一群人的孤单。

听老帕的歌，偶尔也会想起曾经红极一时的刀郎，乍听猛觉两人有些相似，都有沙哑低沉的感觉。我的一位老师，十年前只身一人穿越秦岭时，一路上听的都是刀郎。几年后，他又驾车行走渭河，循环播放的还是刀郎。一说起刀郎，年过半百的他就抑制不住地兴奋。他说，穿越河西走廊沙漠时，刀郎苍凉的歌声与漫天飞舞的黄沙摩擦所发出的声音，陪伴他孤独的身影一路向西，永难忘怀。这或许就是音乐的魅力。但平心而论，我觉得老帕的歌唱所传递的思想内容，在灵魂深处似乎更为深沉高贵，更具诗性光芒。如果歌声也有颜色的话，他的歌声当为深蓝色，冷峻，忧郁。而刀郎的歌声则更趋于大地的颜色，这或许也是刀郎更为流行的缘故吧。

老帕，其实并不老，32岁，正是艺术创作的黄金时代。帕尔哈提在新疆也绝不是一个陌生的名字，他的“酸奶子”乐队甚至在德国很有些名气。此次通过《中国好声音》，我们亦洞悉了其人生经历，出生于乌鲁木齐附近八一钢铁厂的一个工人家庭，8岁时有了平生第一把吉他，在不识简谱和五线谱的情形下，自己摸索吉他指法，一路弹唱至今，有同样爱歌唱的美丽妻子及两个可爱的孩子。

他希望有朝一日可以去监狱唱歌，在那里没有所谓VIP和看台区价格划分，每个人都在等待机会重生。如何更好地活下去，是他们唯一的希望。

“我希望我唱歌，能帮助人。趁他们还活着，帮助他们做个好人。”这是帕尔哈提的一个愿望，多年后他还能否一如既往地坚持这份理想，我不得而知。

好在，他现在依然纯真。

2014 年，7 月。

行 者

曼陀罗，一种原产于印度的有毒花种。在西方传说中，它一直被赋予神秘主义色彩，被喻为情花。而在东方，曼陀罗又被称为佛教的灵洁圣物，代表着适意的意思，说只有天生的幸运儿才有机会见到，见到它能给人带来无止息的幸福。然此花象征邪恶也好，善良也罢，终究有着纯然超脱的意味。这里且不再提。

说说琼英•卓玛。

有人说，琼英•卓玛的吟唱，堪为声音中的曼陀罗。人又说，她的声音“宛如西藏的天空，澄澈、宁静而庄严，可以蔚蓝浸透到灵魂里。低声细语般的吟咏，如佛像一样有着不可思议的安详力量，抚慰一切忧伤创痛不安的心灵……”

说得真好。

她用自己的方式诵经，声音可以直接穿透你的灵魂。她的声音，

行者
二〇一六年八月十二日

无悲无喜，平静中流露出终极的纯净，祥和中回绕着透明的灵性。洞察幽明，超然觉悟。

初闻她的声音，简直惊为天籁。清冽而缥缈，空灵而幽深。

一下子就喜欢上了。

九月微凉，夜阑人静，那声音缓缓传入耳中，呢喃中稍有一丝迷幻，似飘于云端之上，又似沉于大地深处；似冷艳高贵，却又温暖素朴，锋芒不露。如曼陀罗，真的如曼陀罗。

听《大悲咒》那一刻，不可名状地为这声音着迷，甚而有些沉沦，单曲循环听竟长达一月之久。去年入夏以来，朋友M在婚姻中遭遇变故，一度影响到我对生活丧失了判断能力，近一个多月，都在反反复复纠结于一个问题之中，都说好人一生平安，然而真诚与善良，必能得到同等馈赠吗？

人生在世，内心总会不由自主地被牵引到不同的境地去体验生命的欢喜忧愁，感受多了便会觉得心累。此时，听她的歌声，突然一念放下，万般自在。

她所有的吟唱，都与佛教有关。设若听流行音乐可以抚慰我们的心情，那么，她的声音，无疑可以安抚我们的性灵，让人的心头瞬时生出菩提。

仔细听她的吟唱，心灵像熟睡的孩子，很快平静下来。《藏传大悲咒》《莲花心》《平静喜悦》等等，与我们惯听的梵音及西藏歌曲完全不同，记忆中李娜和才旦卓玛的歌曲都十分高亢，而她的歌曲，几乎没有一点高音，声线始终低沉，似潺潺流动的水声。古希腊哲学家泰勒斯说，水是生命的灵魂，而她的声音便是音乐的灵魂。

在网上一页页翻阅她的资料，搜寻声音的故乡。得知，琼英•卓玛，来自尼泊尔，是一个比丘尼，生于1971年，13岁时进入位于喜马拉雅山下一座名叫 Nagi 的藏式佛教尼姑庵内修行。之后，师从禅 Tulku Urgyen Rinpoche 仁波切学习参禅、咏唱、典礼与仪式等禅宗教仪，很快成为出色的唱咏者。迄今为止她已发行 11 张专辑，第一张专辑*Cho*，可以说是尼泊尔升级版的《修女也疯狂》，一派摇滚狂野曲风；第二张专辑《舞蹈的空行母》，电子音乐风格更加浓郁；但之后的专辑，开始回归原始平淡，佛味越来越浓。从*Moments Of Bliss*的开朗欢愉轻松到*Selwa*的庄严肃穆大气，从*Smile*的清新婉转悠扬，一直到*Inner Peace*的彻底回归佛音，琼英·卓玛的专辑，始终以不同的面貌带给喜欢她音乐的人们不同的惊喜。

自 1997 年与美国著名吉他手 Steve Tibbetts 合作首张专辑以来，琼英·卓玛风靡了全世界。然纵使每年行程满档，她却依旧清心观世界，以饱满平和、充满能量的磁性声音，融化着喜欢她的每一颗心灵。

在自由的吟唱间，适当加以转音……她的曲调始终那么干净、低沉、动听，不染一丝尘世的浮躁与喧嚣，似一杯清茶，其意境无疑与禅的意境是相通的。佛乐的特质，本就是听了使人安详、清静，雅而不俗，觉而不迷。

想到了古琴。尽管现存琴谱和琴曲中，佛家思想在其表面不留痕迹，但禅宗思想与琴僧在古琴发展中的影响，依然深远。那场“心与灵——楚呗与古琴音乐会”，成公亮与琼英·卓玛，古琴与人声之即兴，惊艳了那个秋日的时光。成后来在《秋籁居闲话》中说，琼英·卓玛的咏唱，深深蕴藏着佛教的悲悯情怀。

是的，琼英·卓玛，无疑是过去十年间，震撼了西方人士和佛教国家的一位歌者，而她充满戏剧转折的人生，亦如她的音乐一样精彩：用发行专辑得到的资金，在尼泊尔开办阿尼度母学校，专收女尼，教育其获得更多修行高层次佛法的机会，完成上师和她的夙愿。

一个飘雪的夜晚，听《行者》，朋友打来电话，说她最近迷上了习字观古画，黄公望、倪瓒、董其昌，那些大师的笔下，无论所画何物，万变不离其宗皆是在画自己的内心，画一种生命的向度。那些被赋予宗教意味的画，实在是禁得住时间的流逝啊。

《世说新语》说，花开生两面，人生佛魔间。我们的内心，其实就是在行走的路上，于生死之间，孜孜以求寻得一个支点。

你我他。我们，都是行者。

“我是一个行者，我的宿命就在旅途。”琼英•卓玛唱道，“只要心灵纯净，哪里都是天堂，用心走好每一步，生命就有了意义。”

宗教与艺术的力量，无与伦比。

而我们的心灵，亦是如此安于被这素朴澄澈的声音温暖，在尘世行走中，寻一朵花开。

2015 年，初秋。

红棉吉他

【壹】飘落着淡淡愁，一丝丝的回忆，如梦如幻如真，弦轻拨声低吟，那是歌。

——齐豫《欢颜》

我初识吉他的模样，还是20世纪80年代末。彼时刚上小学，随父母和哥哥一起挤在时称地委的大院宿舍中。对门邻居是一位省城来此驻站的记者小刘，南开大学刚毕业，留一头飞扬长发，穿时髦喇叭裤，有时出门会戴一副宽边墨镜，一派文艺范。小刘有把红棕色木吉他，每天一下班便在宿舍弹弹唱唱。

“三月里的小雨淅沥沥沥沥沥哗啦啦啦下个不停……”淡淡乐音传入耳来，好似轻柔的风拂过面庞，温润中弥漫着澄清。

回想当年，最欢喜的事似乎莫过于此。每天放学铃声一响，便

红棉吉他
二〇一五年十二月十二日
冰波写意

匆忙背起书包，一溜烟小跑回大院，巴巴地蹲在小刘身旁听这悠扬美妙的吉他声。按说当时很多歌都还是头一次聆听，可我至今仍发自内心地认为，那几乎是我儿时听到的最美妙的歌声——因了那把红棉吉他，我甚至一度觉得小刘手中所有的东西都异常美丽，包括当年从他那个神奇的相机中瞬间“吐”出的两张我和哥哥的合影。——他就那么轻轻甩一甩，我们的样子竟然就出现在了那张纸片上。

一个人的童年时光，有音乐相伴总是走得飞快而曼妙。那时，港台电影及其音乐刚刚盛行开来，大院里逢了周末便会给住宿舍的年轻人放好看的电影。有一部《欢颜》很是感人，女主角是一个和小刘叔叔一样弹着吉他唱歌的长发女孩，为了生计，亦为梦想，在酒吧驻唱。她一袭白裙坐在舞台中央弹吉他唱歌的情景，今时来看依旧是唯美动人的。其实，儿时很多的电影都是跟着大人们凑热闹，有一搭没一搭地看，也不大懂得讲了些什么。直至好多年后，我真正爱上并读懂那部电影时，才知道那个女主角原来竟和我一个姓氏——胡。

小刘叔叔飞扬的吉他声在那栋如今已翻新的机关大楼里足足飘荡约 700 多个日子后，父亲分得一套楼房，我们全家很快搬离大院，但痴迷吉他声的我仍会在放学后偷跑去听一会儿这声音。那些时日跟着小刘叔叔学会的《相思河畔》《橄榄树》《恋曲 1980》等歌曲，如今仍未淡忘。

我们搬离宿舍次年，小刘叔叔也被单位召回省城，此后一别经年再无联系。然而，那曾经裹挟着淡淡忧伤的吉他声于我却从未曾远去，恰随着时光的流转，在那个喜欢托腮凝视的小女孩内心日渐萌芽生根。

——有朝一日，我也要弹着木吉他唱那些动听的歌谣。

【贰】“你问我要去向何方我指着大海的方向。”

——崔健《花房姑娘》

我的大学时光在古城西安度过，这座现代感越来越强烈的城市，随处可以捡拾到历史，随时听得到高亢苍凉的秦腔。然而，这在今时才被我喜欢上的曲调，于当年那颗年轻浪漫的心灵而言，远没有清新的吉他声来得让人熨帖。

那所我一度热衷追逐的外语院校，本非儿时梦想，行走其间总会无端生出莫名的落寞。可这里四处弥漫的吉他声却很是吸引人，BEYOND、黄舒骏、窦唯、高晓松，或恣意飞扬，或忧伤怀旧，它让我在那个熟悉而陌生的城市依稀回想起昔日对门那个弹着吉他唱歌的小刘叔叔。不知他是否依旧长发飞扬，是否有了盘着长发的美丽妻子，有了聪慧可爱的儿女？当年，学校曾为我们这些吉他爱好者开设过练习班，热情高涨地和舍友苗儿报了名，也曾有模有样从简单的“5323、1323”开始，练习了一些个时日。遗憾的是，由于生性懒惰和缺乏恒心，临了也仅仅学会了几首简单的曲子。

有时我会想，每个人在对现实不满，想选择逃离时，他的记忆和思想一定不在这里，而是在心灵深处最美的地方。

2002年，大学毕业，我来到当地电视台一法制栏目实习。制片人Z是一位有思想的年轻人，诗写得不错，大伙都亲切地称其“师兄”。Z是个不折不扣的崔健迷，在他那个随身背着的绿挎包上始终贴着一个崔健赠予的红五星，据说是当年就读北大期间崔先生来校开演唱会时得来的，因是获赠者中为数不多的几个，所以这小小的物件始终被其视若珍宝。演播间里放着一把Z上班伊始花费近两月工资买来的红棉吉他，很多时候我们都会在演播厅听他弹唱。其时，西安的地下音乐人许巍刚刚推出首张专辑《那一年》，音乐中传递出的孤寂与狂野、逃避与寻找的矛盾，一时唤醒了很多“漂”在异乡的游子深深的共鸣。实习那段日子虽辛苦匆忙，有了歌声的陪伴倒也颇多欣慰。

在那间设置在法院的演播间内，我学会配音、撰写电视专题片文稿，学会了与被访者对话，感受他们或麻木或苍凉的内心，即便对方是即将被执行死刑的囚徒。后来，Z远赴法国，临别时将那把吉他赠予我，它曾伴我度过近半年实习时光，那些日子，伴我目睹了世间多少辛酸无奈，也学会了重新审视生命的脆弱与珍贵。

实习结束后，大约近三年的时光，我都在古城一家电台从事着与音乐相关的工作，每天清晨，抑或傍晚，穿梭于这座日渐繁华的城市之间，在那个属于我的晕黄光圈笼罩的调音台下，聆听各样音乐及散落于城市之中的故事。

如是，简单的日子淡然而过。及至后来某日，“漂”在西安的我，因现实与理想若即若离的距离而心生懈怠，在父母的重磅召唤之下，递交辞呈离开了那间曾承载儿时梦想的直播间，踏上回乡的列车。

别了，古城。别了，我那充满狂想的飘摇的青春。

【叁】“你知道你在寻找一种永远。”

——黄舒骏《未央歌》

是个夏日的傍晚。

饭毕带女儿散步，路过湖边，一阵久违的吉他声传入耳来，淡淡的，很是悦耳。

…………

你知道你在寻找你的蔺燕梅

你知道你在寻找你的童孝贤

你知道你在

你知道你在

你知道你在寻找一种永远

…………

面前一片空地上，年轻的男孩正在自弹自唱，眼神倔强，他的面前放着顶帽子，零散撒落着过往行人投下的纸币。这一幕忽然让我的眼眶在暮色中潮湿，想起已许久没摸过吉他了。

我抱着女儿坐在石凳上，屏息倾听，少年便一直弹下去。他的吉他声有着潮湿的温柔，如同一匹小鹿，清冽地向远处逝去，融于湖畔的夜色中……

这种感觉像一种缺失的记忆。

现在，那把我曾百般钟爱的红棉吉他，正静静躺在卧室一隅，在它依旧光洁的身上，有一道因疏于照顾而被暖气烤裂的痕迹。

希腊电影《时光之尘》中说："时间灰烬，降落尘世，不论大小，湮灭一切。"很多时候，我宁愿被导演西奥·安哲罗普洛斯电影所表述的一种意象击中，沉溺其中无法自拔。我时常想，人的一生，不知要经历多少失望，不知要飘落多少清澈的梦想？在岁月的侵蚀中，又有谁能够抵挡住这种消磨？

一切熹微黯然。

我至今仍不太适应世间的生活，可惜，我终究回不了紫竹林。凡尘总是用猛烈的目光灼焦我的躯壳，消逝、寻找、循环不息，内心深处暗涌的迷茫，时常让人一触即痛。春去秋来，时光流走了，我还在原处。

后来偶读到一篇文字，作者与文章名已生疏，内容却记忆犹新。文章把如我这般毫无来由的伤感，归结为一种“小悲欢中的小失落”，是“个体在群体中的迷失，认同中的窘境”。作者说，这种伤感其实是作为人性深处普遍存在的情感，就如同罪愆被每个人潜意识掩没一样，在特定的情况便会滋生、蔓延，最后扩散到一发不可收拾的地步。

流年匆匆，物是人非。前些日子，一位友人的学生学业未果遁世杭州灵隐寺，让其眉头一度因之沉郁；一个年轻的朋友和同伴骑着单车环游了整个欧洲风尘仆仆地归来；一双恋人在音乐路途上行走 11 年之久终于让人们熟悉了他们心灵的歌唱……

他们应该都是心怀梦想的人吧，在路上坚守着自己的步履，即便路途充满了变数与磨难。至于梦想，林语堂先生曾说，它无论怎样模糊，总会潜伏于我们心底，使人的心境永远无法得到宁静，直到成为事实。倘真如此，我愿用世间最美的语言，祝愿这梦境能够持续得长一些，再长一些，如那首美好的诗中所说，撑一支长篙，向青草更青处漫溯……

一边想着，一边抬眼望天，一轮晕黄的圆月正悬于夜空，俯瞰着尘世……

2012 年，夏。

那一晚忽然花开

她们在台上唱歌，我静静在电视里看着她们，感动得差点儿流出泪来。

我轻和着歌声，久久沉醉其间。看芭蕉绿，看樱桃红，倏忽间时光已流转 30 年。山中日月长，又一次际遇于这为梦想歌唱的舞台，不知出世已久的她们，那一汪淡定从容的心湖上，是否会同我一样，泛起层层涟漪？

遇见她们的歌声那年，我还年少，正是一个少年以梦为马驰骋青春的年华。因狂热迷恋三毛的文字，而恋上齐豫及阿潘宛如天籁的歌声。她的文字，她们的歌声，就在那段被梧桐树叶剪碎的时光，轻轻的，淡淡的，如一个清新的梦撞入我的心田，逐渐晕开，不留一丝痕迹。

“每个人心里都有一亩田，每个人心里一个梦，一颗种子是我心

那晚忽然洞开
二〇一五年十二月十三

里的一亩田。”

澄明。温暖。

那一弯溪水，就那样流着，流着，跨越年轮，流了30年，流到了今夕。那遥远的思念，那开尽繁华之后暗涌的情愫，在月光下在静水中深深藏匿，波澜不惊。

荼靡花事了。

彼时，齐豫在录音棚里第一次唱这首歌给三毛听的时候，一曲未终，伊人已是泪湿双襟。

音乐，从某种意义上来说，是充满了神秘感的，是对人内心的一种昭示。波兰诗人扎加耶夫斯基说，音乐往往是一座桥，或码头，将人带离充满实际问题的琐碎时节，带到一个宁静和戏剧的非实际的真实之中，在里面可以用另一种方式沉思生活。

《梦田》无疑是一首能够抵达人心灵深处的歌，三毛简单的填词，填满的是每个人对心底那个梦想的认真与坚持，是在漫漫黑夜中乍现的黎明曙光，是蚕蛹破茧之后化身为蝶的华丽蜕变，是经历人生的创痛之后，在豁达中给自己的灵魂松绑。

风烟俱净，天山共色，从流飘荡，任意东西。三毛向往的梦田，是可以完全由自己挥洒的自由天地，亦是我们每个人心底的一亩田，你可以种桃，我可以种李，田里可以开出各色的花和果实。可是，田，春风，种子，桃李，这些可都是现实中真真切切存在的事物啊，三毛却要将它们深深地种在心里。可以想见，人生一世，梦想之于现实的距离，多么可望而不可即啊！

这么近，那么远。

但，那仍是心里一亩田，一个不醒的梦。

意识到这些的那刻，一个人的眼泪借着另一个人的眼睛流淌，一个人的憧憬延续到了另一个人心中。

聆听齐豫近 20 年了，越来越觉得她其实并不是一个沉溺的人，她的歌声哀而不伤，蕴含着生命原初的张力。

《梦田》发行于 20 世纪 80 年代，在当年极为畅销。由李泰祥、陈志远、陈扬、李宗盛等 7 位作曲高手所谱写的歌曲，在齐豫与潘越云宛若天籁般的歌声的珠联璧合下，再冠以不同的曲式唱法，诠释出了三毛在人生不同时期、不同际遇之下的不同心境，加上经由三毛本人的旁白贯穿，从而成为一张有着内质统一、叙述丰富的动人故事的唱片，被称之为“传记音乐”。这样充满人文情怀的音乐，有谁会不被它深深打动?

近些日子一直沉溺于某种无可名状的伤绪，浑浑噩噩不明快。那一晚，在中央电视台公益节目《梦想星搭档》重温《梦田》，忽然洞开。

我们都无可避免地在翻飞的日历里、在歌声中日渐衰老，最后感慨和留恋一样长，如同这冬日里谢落一地的黄叶，终究抵不住时间的洪流。但我仍会用文字记录这些时光，待到日后，回望这些忧伤共欢喜的人事、花事，亦不觉得苍白。

种桃种李种春风，开尽梨花春又来。

2013 年，冬，窗口。

秋意浓

《秋意浓》，我喜欢这首有歌剧气场的老歌，若用一词来形容曲调之境，便是，华丽的忧伤。

自古以来，秋是悲伤的象征，是没落的表现，屈原说："袅袅兮秋风，洞庭波兮木叶下。"

大抵理想主义者都有浓郁的悲秋情结，而秋也总好与有着骨骼的词为伍。很多作家都愿为其挥毫，且浓墨重彩。你看张恨水笔下，冷清秋、秋海棠，再看郁达夫《故都的秋》，老舍《济南的秋天》……

比比皆是。

"梧庭多落叶，慨然知已秋。"年复一年的四季更迭之中，我似乎也一直偏好秋天，总觉有着浓淡相宜的忧伤之美。时常，因了这份对秋的欢喜，一发而不可收地迷恋上与之相关的诸多物件。

比如电影，比如画，比如衣服。

或许，很多人都曾有过这样的经历。

比如，与秋有关的时光，那些关于青春，关于成长的故事。如同美国史诗电影《秋日的传奇》中布拉德•皮特扮演的崔斯汀，一个渴望超脱于红尘的自由灵魂，蕴含着一种生命的张力。

比如，大地色的服饰，温婉的墨绿、紫红，以及深浅相宜的黄褐色，亦是一份迷到骨子里的痴。我觉得秋色中除却一贯温暖的橙黄，还潜藏着气质冷静的青灰，冷暖交替，将色彩杂糅得更加丰富，这应该才是此季最美的颜色。

《秋意浓》这首歌，便也是源于这份对秋的难以割舍的执念。

“秋意浓，离人心上秋意浓，一杯酒，情绪万种，离别多，叶落的季节离别多……只怕你伤痛，怨只怨人在风中，聚散都不由我……”

暮秋时节，叶落缤纷，离别的惆怅是何等浓呀，浓烈到了离人的心头。万般思绪，何处藏匿？

《秋意浓》，单单从词面上来看，歌手唱起来就颇需要一番情感，更何况真假声的转换，气息的控制，等等。这首歌对歌唱技巧和情感要求都相当高，一般歌手断是不容易拿捏到位的，所以这些年来在我所听过的多个版本中，始终觉得还是张学友最具实力，此人在这一曲上达到的高度目前恐是连接近的都未有，真不枉了歌神的名头。

当然，同样唱功不错的女歌手苏云翻唱那版倒也可一听，声音较之歌神则多了几分磁性，却也因此失却了原唱中那番最牵动人心的歌剧唱腔，少了那番缓缓铺排的华美。

想必，张学友若隐匿乐坛，这歌也就成为绝唱了。

听《秋意浓》最多时，我还在中学读书，恰是人一生中最容易迷恋的年华。彼时，带着鼻音的歌声一经入耳，初识愁滋味的少年便会被这淡淡晕开的忧伤俘虏了。

后来，偶尔也会想，究竟这首歌有无曲折情节的创作背景，兴许是为七夕而作？秋，当是一年中最深沉最有情意的季节，偏偏中秋七夕同日而至，浪漫唯美如斯，有谁不愿在这良辰美景与亲人与爱人举杯邀月把酒言欢呢？可是呀可是，月有阴晴圆缺，人有悲欢离合，世事岂能尽遂了人意。

奈何？唯有寄相思于明月。一种相思，两处闲愁！

是日，从小城结束公干，驱车返回途中偶遇一片柿子林。湛蓝的天空下层林尽染，橙色果粒挂在干枯的老枝上，明暗对比成一幅佳作。看那朝阳映照下，一位双鬓染霜的牧羊人，正挥着鞭儿驱赶着洁白的羊群，温柔绚烂不由让人眼前一亮，大感晚秋之色彩若一辞赋。

远离了红尘，遍处可寻清净畅然，连近来耳边挥之不去的《秋意浓》，竟也在忧伤之余被听出了些许暖意。

当其时，树树秋色，晴空碧洗，山岚清洌。好一幅山居秋暝图。同行雀跃，我忘流年……

2013 年，10 月。

窦唯之“唯”

窦唯画画，山水。窦唯沉默，不善交流。他的音乐，时而热烈、时而空幻、时而低沉……

他的音乐，飞一般地向前。

喜欢窦唯很多年了。在我的心中，他是可以与崔健比肩的中国音乐人。他们一个是斗士，一个成了隐士，分别以自己的方式诠释着时代和自己。

我们这代人最早接触的音乐，大抵就是港台流行歌曲了，邓丽君、小虎队、齐秦、郑智化，甚至张国荣，一度唱得乐此不疲。最早听到摇滚乐，也已是初中的事了。记忆中班上有两三个追风少年，一下课便开始引吭高唱，《一块红布》《快让我在雪地上撒点儿野》。说实在的，当时真还没觉得有多好听呢，只是记住了他们唱歌时那略显夸张的神情。

黑豹，便是彼时知晓的，后来还隐约听到过何勇，其时他们已经很火。1994年在香港红磡体育馆的那场盛况空前的“中国摇滚乐势力演唱会”，可谓登上了中国摇滚乐史的巅峰。

后来读大学，逐渐听出了摇滚乐追寻真诚的魅力，开始发自内心地喜欢上窦唯。这种转变，或许唯有流逝的时光才能给予……

“也许是我不懂的事太多，也许是我的错。也许一切已是慢慢地错过，也许不必再说，从未想过你我会这样结束，心境如此难过……”

Don't break my heart，是我听的第一首黑豹，还有那首*Take care*。歌词和旋律不似崔健那样批判和愤怒，但是蕴含的青春和冲动的美感却又超越了崔健。听了些时日才清楚当时黑豹的老大是李彤，但我一直喜欢着窦唯，尤其当我能区分出黑豹的音乐中哪些是窦唯哪些是其他人时，就更加喜欢窦唯。窦唯离队后曾消失了一段时日，我偶尔听听黑豹，新主唱栾树也不错。后来主唱又换成了秦勇，我就不太喜欢了，再后来，主唱是谁已不再关心了。

因为窦唯，喜欢了王菲。

彼时的窦唯，还没有新的音乐作品出来，直到有一天，偶然听到《誓言》，笛子和唱腔，分明透着一股窦唯劲儿，真好听。

可是，他们的爱情实在有些戏剧。

这个与青春与爱情有关的过程，说起来总是透着些许说不清楚的忧伤。“誓言”依旧经典，往事一如跌落尘埃的花瓣，风一吹，就散了。

义无反顾的窦唯与王菲，终究未能相偕到老，那段纯粹而热烈的爱情，早已分崩离析，但记忆里残存的温度，依然在那些音乐里流淌。有时我会想，如果窦唯当时仍继续留在黑豹乐队，再合作一至两张专辑，不仅黑豹的命运会不一样，整个中国摇滚乐坛的面貌会不会也有所改观？

离开黑豹的窦唯推出了《黑梦》，音乐一如既往的真诚，可我总觉得没有先前的《勿碎我心》等作品好听。曾有一度还暗暗替窦唯担忧：不能演唱黑豹风格的歌曲，于他，真的不啻在一团黑梦中重新摸索啊。

而天才终归是天才。

他很快从黑梦中走出，《艳阳天》已不复先前表面上的摇滚冲动，甚至很多年他一直缄默不再唱歌，但《艳阳天》中透出的禅意及自然，却全然缔造了属于窦唯自己的理想国。

“好春光在这艳阳天睡梦，朦朦胧胧像是那从前，睡梦中酣梦中天外的青山，抬头望向天空蓝蓝……”

他的音乐一直在飞。

从 1998 年的个人专辑《山河水》开始，他每张专辑乐风都有所不同。新民乐、爵士、硬核、死亡金属以及各种心血来潮的混搭。在那些开口唱出歌词的专辑中，窦唯比较满意的，便是《山河水》。

山河水。有些恍惚，视真若梦，是梦还真。

那个乍暖还寒的初春，每天穿梭于钢铁丛林中的我，曾沉醉于这些空灵，充满想象的音符中，那里，有未尽的春雪，懒懒爬行的光影，远山及黄昏中袅袅升起的炊烟……

那么美好那么自然。

《山河水》《幻听》《暮良文王》《镜花缘记》《九生八和》《八段锦》……2006年，久不发声的窦唯再度推出一张开口唱歌的专辑《雨吁》。这张充满了人文含量的唱片，语焉不详、不知所云。与其说他在唱，不如说他将自己的人生幻变为手中的乐器。

“鹊桥俯视，人世微波。”在窦唯的理念中，音乐是大自然的“息”，而自己与听者也属于“息”的一部分。

离开了摇滚的他曾在《新京报》门外烧车，前两年还制作了狂躁的《殃金咒》。而绝大多时候，他是沉静的、禅意的，如同他画的素描，也如同他一张张唱片的名字:《箫乐冬炉》《笛音夏扇》《早春雨伞》《五鹊六雁》《我最中意的雪天》……

他说，最苦不过熬清净。当人们津津乐道于他如何穷困潦倒如何变成窦仙儿时，他兀自安坐，超然物外，效法清代初期四画僧之一的石涛，用音符描绘着心中的《山水清音图》。而他的音乐由于文学的内涵，显得愈发朴素、诗意，如同之前的《春分拾琴图》《柬河乐记》。这些游离于理想与现实的山水清音，足以让我们向大自然借来纯洁坚定的力量。

潺潺流水。鸟儿与枯枝的交谈。独坐幽篁。一切皆是灵魂的出口。若你喜欢，那就继续听吧，不感兴趣的人，也请过好自己的生活……

2016 年，8 月，晴。

音乐是游荡在我们头上的幽灵，它抓住谁，谁就发了疯似的想唱歌，可我怎么才能被它永远抓在手里？我走遍大地或是长久地蜗居一处，白日纵酒黑夜诵经，我呼喊音乐，把我从我的现实生活中拔出来，但常常落空，我只有埋头于生活里，专注地走一步看一步。音乐不在空中，它在泥土里，在蚂蚁的隔壁，在蜗牛的对门。当我们无路可走的时候，当我们说不出来的时候，音乐，愿你降临。

——周云蓬

永隔一江水

有一个孩子，九岁时失明，常年生活在盲人影院，从早到晚听着那些电影，听不懂的地方就靠想象来补充。在想象中，他学会了弹琴，学会了唱歌，写出了美丽的诗句。凭借顽强的意志，他如一个正常人般修完了长春大学中文系的四年学业。

后来，他背着一把木吉他走遍了四方、游历了十余个城市，在街头卖艺，在酒吧弹唱……

再后来，这个孩子成了一个优秀的诗人和地下音乐人。在他精彩的人生道路中，曾经用心唱过一首歌《永隔一江水》。

“风雨带走黑夜，青草滴露水。大家一起来称赞，生活多么美。我的生活和希望，总是相违背。我和你是河两岸，永隔一江水……”

在去年的一场小型不插电演唱会上，戴着黑色墨镜的周云蓬弹着吉他忧伤歌唱，将心碎和怅惘深深掩隐在了歌声中，那些白日里游荡于都市喧嚣间的浮躁，伴随着歌声中飘出的愁绪收复在一幕幕影像中，现场瞬时变得沉静。

仔细听罢，歌声中表达的不正是一种对理想可望而不可即的痛彻心扉的疼痛？在极致丰满的弦乐群的表现下，愈发体现出撞击人心的强大张力，而曼陀铃、手风琴和吉他等乐器的配搭，让歌曲的感伤呈现出质朴而浪漫的情调。

民谣《永隔一江水》是已故西部歌王王洛宾先生的原作，印象中曾有评论说相对这位西部歌王所记录编配的大量新疆民歌，这算得上他人生中比较纯粹的一首创作歌曲。歌曲创作原型取自俄罗斯族民歌，编创最初成形于20世纪50年代。而歌词的创作灵感无可厚非源于北宋文人李之仪的词牌《卜算子》："君住长江头，我住长江尾，日日思君不见君，共饮一江水。"

诗歌与音乐所具有的对生命短促的强烈感受和深刻体验，以及对生命价值的高度重视和执着追求，使得彼时历尽世态沧桑的王洛宾老先生迸发了极度的创作热情，亦让现世的周云蓬从中审视出生命的苍凉。

自20世纪80年代至今，因了歌曲在某种精神层面上所显现的人文色彩，《永隔一江水》一度被众多优秀的音乐人翻唱至今。

较早的苏云版，带了些许Bossa　Nova和Jazz的曲风，听上去尚舒服，却觉得少了一丝悲伤的回味；其中颇为流行的纪如璟版和韩红版《一江水》，分别被加入较新的电子元素，在她们独特嗓音的演绎下，我们依稀聆听到都市繁华深处的落寞；而新民谣歌手小娟，选择用沉静的方式唱出了歌曲的悲哀无助与命运的无常无奈……

平心而论，歌手的每次演绎都能打动人心，可我却认为，如若少了这个长发男子的深情歌唱，《永隔一江水》在当下青年中的广为传唱，怕是还要等待更长的时间吧。

风雨带走黑夜，青草滴露水
大家一起来称赞，生活多么美
我的生活和希望总是相违背
我和你是河两岸，永隔一江水
波浪追逐波浪，寒鸦一对对
姑娘人人有伙伴，谁和我相偎
等待等待再等待，心儿已等碎
我和你是河两岸，永隔一江水
…………

是的，在手风琴、口琴、吉他和手鼓的伴奏下，周云蓬更多地唱出了生命的沉痛与悲凉、绝望与无常。他为王洛宾先生西域风情的原创音乐注入了新的音乐元素，那是他对生命的一种深邃体验，正如同评论界对其音乐的形象比说：“看似沉默如谜，却仿佛早已窥破命运的秘密，审视命运的呼吸。”难怪乎热爱他音乐和诗歌的人们会毫不吝啬地冠以他“最具人文色彩的中国民谣音乐代表”的称号。

彼岸我纯洁的理想啊，就让我们靠近再靠近些吧！如若君心似我心，定不负你相思之意。面对着面前绵延不绝的长江之水，伫立江头的周云蓬发出了震颤心灵的叩问。只是，“美丽的女子”啊，你可愿“执君之手，与君偕老”？

周云蓬在2003年录制首张专辑《沉默如谜的呼吸》时曾说：“我希望我可以和命运合二为一。”他将经他与友人共同创新的民谣命名为“马齿民谣”。于他，那应该是一种追求手工化的音乐，一种完全不插电的音乐，如同诗歌一样美好的音乐。

2011年，9月。

告别的年代，重温罗大佑

风不时掀起了白色的纱，窗外，是这个城市初秋清冽的夜空。

电视里，唱着歌的中年男子轻眯着双眼，黑衣黑裤黑色墨镜让他周身弥漫着夜特有的深沉和冷峻。

谁又在午夜的远处里想念着你
远处的午夜的梦里相偎依
仰望着蓝色的天边的回忆
好像你无声的临别的迟疑
…………

男子沉醉着，歌声隐隐透出一丝忧伤，或者可以说是感伤，是缅怀岁月的一声叹息。彼端，我静静地看着他，眼圈有些轻微

告别的年代，重温罗大佑
洪波写画
二〇一六年八月四

湿润。

他便是我们熟悉的罗大佑，曾经用音乐深深打动过一代人的歌者，一个告别了的年代特有的音乐符号。如今，他已不再年轻，甚至逐渐被这个充斥了 HIPHOP 的快餐年代淡忘。但念旧的我始终认为，近 30 年来，在中国很少有音乐人能够超越得了他。

记忆中，20 世纪 90 年代初就开始听他的歌了，最先听到的应该是那首《童年》。

我们这一代人真正是自 90 年代以后才开始全面接触流行音乐的，那是个港台流行音乐最为辉煌的年代。彼时，还是初迷上音乐的懵懂孩子，由于喜爱，想尽办法寻他的歌曲。

偏爱《你的样子》。

…………

不变的你，伫立在茫茫的尘世中
聪明的孩子，提着易碎的灯笼
潇洒的你，将心事化尽尘缘中
孤独的孩子，你是造物的恩宠

这是罗大佑专为电影《阿郎的故事》写的片尾曲，歌声完美诠释了阿郎充满悲情的人生，充分表达了小人物的思想情感，每每聆听都有流泪的冲动。后来逐渐成长，才开始对罗大佑的音乐有了更深的理解。

我说，罗大佑的音乐是有灵魂的，你相信吗？因为，音乐有了灵魂，才会使我们浮躁的心灵回归宁静，才会轻易唤醒被我们尘封了已久的记忆。

那里有逝去的童年，有浪漫、理想的纯真时代，有鹿港小镇和青青校园。

罗大佑用他极具诗性的音乐给我们展示了一个坦白而感人的世界。聆听罗大佑，你会发现，他更多唱出的是二十世纪八九十年代整整几代青年人的心声。那是一种面临社会转型时所特有的迷惘、困惑、痛苦和思考。聆听罗大佑，无论身在何处，你的内心都会被莫名生出的伤逝感包围。也因这种青春的伤逝感，我们才会成长，才会更为细致地观察人生、思考人生。我想，从某种意义上来说，他已不单单是一个简单的音乐符号，他其实更像是一个充满生命激情的战士，一个内心深具人文关怀的诗人。

荧幕上，罗大佑仍在深情歌唱，是《光阴的故事》。

细打量，他真的沧桑了许多。流水带走了光阴的故事，改变了我们的容颜，也改变了他的容颜。然而，触动我们心弦的是，当未来的主人翁已换作更为年青的一代时，便是这般深情的一个罗大佑，仍旧在用他的音乐诉说着那个告别的年代，用他的音乐延续着你我的梦想。

2007 年，11 月。

附录歌词：

光阴的故事

罗大佑

春天的花开秋天的风以及冬天的落阳
忧郁的青春年少的我曾经无知的这么想
风车在四季轮回的歌里它天天地流转

风花雪月的诗句里我在年年的成长
生命与告别光阴的故事改变了一个人
就在那多愁善感而初次等待的青春
发黄的相片古老的信以及褪色的圣诞卡
年轻时为你写的歌恐怕你早已忘了吧
过去的誓言就像那课本里缤纷的书签
刻画着多少美丽的诗可是终究是一阵烟
生命与告别光阴的故事改变了两个人
就在那多愁善感而初次流泪的青春
遥远的路程昨日的梦以及远去的笑声
再次的见面我们又历经了多少的路程
不再是旧日熟悉的我有着旧日狂热的梦
也不是旧日熟悉的你有着依然的笑容
生命与告别光阴的故事改变了我们
就在那多愁善感而初次回忆的青春

在胡德夫的歌声中沉醉

我立在窗口，听着音乐观察窗外流动的暮色。夜幕下的城市刚刚卸掉白日的喧嚣，看起来安静、淡然。又一天时光悄然溜走了。

音乐是台湾老民谣歌手胡德夫的《匆匆》。“初看春花红，转眼已成冬”，胡德夫用他的方式诠释着人生的慨叹。“人生啊就像一条路，一会儿西一会儿东，匆匆，匆匆……”

胡德夫是弹着钢琴唱这首歌的，虽然没受过专业钢琴训练，但这并不妨碍他用非专业的指法弹奏钢琴为自己伴奏。

老实说，这是个长相一点儿也不帅的男人，可以说有些沧桑，一如龙应台所言，是一个长得像流浪汉，唱得像吟游诗人的男人。

燕子去了，有再来的时候；杨柳枯了，有再青的时候；桃花谢了，有再开的时候。时光啊，你这虚无缥缈却万般珍贵的东西，留于我们的却总是无尽的嗟叹：匆匆，太匆匆！这个春日的夜晚，因为下雨而显得有些清冷。这样的天气往往让人忆起许多往事，这样的时候来聆听胡德夫的民谣，应当是再好不过。

他真的拥有很温暖的嗓音，磁性而又深沉。聆听这声音，恍惚间，你会感觉如同乘着一艘游轮行驶于广阔幽远的海面之上，你的心灵瞬间变得安详、沉静。难怪乎他的朋友、诗人余光中这样称赞其声音："他厚壮的身体里住着一个深沉的大风箱。"

要说，在无法细述的听歌体验中，时常觉得，好的音乐会让人在某个时刻变得易感、脆弱，甚至阵痛。然而，阵痛过后，心底最柔软的地方却会异常坚强起来。而深具魅力的歌唱就该是一个集大成者，它需要经历反反复复的思考与琢磨。除却动人的旋律，歌词及演唱功底都该具有洞穿心灵的品质。

好音乐理当交由一个有思想的乐者来演绎。胡德夫，这个即将迈入花甲之年的台湾卑南族人，这个被誉为台湾"鲍勃•迪伦"的男人，正是这样一个优秀的音乐人。还在20世纪70年代，他就以西洋音乐为自己演唱的风格，80年代，他开启了民歌的新世纪，90年代，他回到原住民的部落，与郭英男先生再度学"Hay Yang Blues"（海洋蓝调）的创作方向。2005年，他推出了堪称经典的民谣专辑《匆匆》，这是从艺近40年的胡德夫平生的第一张个人专辑。2007年7月的夏天，在广州举行的第六届华语音乐传媒大奖颁奖礼上，56岁的他第一次获得了内地的音乐奖，而且一得就是两个称号——"最佳国语男歌手""最佳民谣艺人"。

他说自己是从念淡江中学开始放声高歌的，后来念了台大外文系后，才开始接触西洋民谣。但是当所有的人都在学唱美国人唱的歌时，年轻的他已经开始和几个朋友谱自己的歌，写自己的词，表达自己的感情了。于是，爱他歌声的人们尊敬地称他"民谣之父——

胡德夫”。

是的，台湾地区的民谣之父。

…………

哎呀……山里的歌声是那么的美丽

哎呀……唱呀唱着呀山谷里的歌声

有一天我一定要回去

为了山谷里的大合唱

我一定会大声唱歌再也不走了

你是带不走的歌声是山谷里的歌声

…………

——《大武山美丽的妈妈》

台湾高山原住民天生就拥有浑厚嘹亮的嗓音，对于胡德夫来说，自己的民族流传下来的古老曲调，是对人、对人自然、对生命的一种咏叹。这咏叹，让他的音乐视角变得广博，歌唱亦随之深沉厚重。他的歌声时常散发出味道极为独特的乡愁，弥漫于土地与梦想之间，其中蕴含着一个民族历经世态苍凉与悲苦之后的顿悟与豁达、奋进与隐忍，使得他在不知不觉中，在某种意义上已经担负起了记录和见证台湾原住民文化的使命，成为台湾文化史的一个标志。也因了这勤劳、朴实、勇敢的民族信仰，胡德夫从未被艰难困苦吓倒，从未放弃自己音乐理念上的纯粹。

在并非一帆风顺的音乐路途中，他总是坚持用灵魂歌唱，一路神闲气定地踏歌而来。这段段歌唱，温暖了你我，让我们从中学会了如何从容地面对人生。

“我们都是赶路人，珍惜光阴莫放松，匆匆，匆匆，莫等到了尽头，枉叹此行成空。”这个夜晚，听着胡德夫的歌声，那些过往的日子，如轻烟般被这春日的细风吹散开来。

个体的生命相于宇宙来说如同海边的一颗沙砾，让我们来胡德夫的歌声中沉溺吧。聆听的时刻，你会发现，其实生活一直很美，倘若你愿意，随处可以寻到梦想与方向。

2011 年，4 月。

附录歌词：

匆　匆

初看春花红，转眼已成冬
匆匆，匆匆
一年容易又到头，韶光逝去无影踪
人生本有尽，宇宙永无穷，匆匆，匆匆
种树为后人乘凉，要学我们老祖宗
人生啊，就像一条路，一会儿西，一会儿东
匆匆，匆匆
我们都是赶路人，珍惜光阴莫放松，匆匆，匆匆
莫等到了尽头，枉叹此行成空
人生啊，就像一条路，一会儿西，一会儿东
匆匆，匆匆
人生啊，就像一条路，一会儿西，一会儿东
匆匆，匆匆

齐豫，记忆中的欢颜

她的长相算不上很美丽，是个烟视媚行的女子，留一头乌黑的波浪长发，欢喜穿波西米亚风情的衣衫。在歌迷心中，她是台湾着此衣衫最为适合的女子。

喜欢她已经好多年了，是一种不可名状的喜欢。她缥缈、空灵的歌声夹带着淡淡愁绪，有着金属的音韵，干净得如同雨后放晴的天空，让你体味着生活在别处的风景。

我常想，她歌唱时必定是悲伤的，那是一种恍若隔世的悲伤，一种天堂里的悲伤。天堂里若有欢喜忧伤，她的歌唱将是对它最好的诠释。

和众多歌迷一样，初迷上她的歌声源于三毛作词、李泰祥谱曲的《橄榄树》。歌曲走红台湾那年，我尚未出生，她正在台大历史系四年级读书。

彼时，她刚刚连获第二届金韵奖的冠军、首届海山唱片民谣风的冠军，被金韵奖评委、当时著名音乐人李泰祥在比赛结束后找到，希望能演唱一些创作歌曲。

第一次，她听到了那首改变她命运的歌曲——《橄榄树》。橄榄树代表了一个梦想，代表了词作者三毛年轻时代对美的看法。

不要问我从哪里来，我的故乡在远方
为什么流浪，流浪远方
流浪，为了天空飞翔的小鸟
为了山间轻流的小溪，为了宽阔的草原
流浪远方，流浪
…………

内心深处迸发的热爱，得天独厚的嗓音，以及独特的领悟力，使这首本就遥远苍茫的调子愈加唯美、诗意，在民歌时代呈现出一种截然不同的文学音乐风格。

翌年，她便推出了个人首张音乐专辑《橄榄树》。其中，《欢颜》《橄榄树》被选定为由胡慧中主演的那部红极一时的电影《欢颜》的主题曲。

而这两首歌，迄今仍被誉为民歌时代无与伦比的经典代表作品。

此后，她陆续推出了《你是我所有的回忆》等一系列经典专辑。1985年，她与三毛、王新莲制作《回声》专辑，并与潘越云共同担任演唱，这张专辑旋即造成国内、海外经典话题，这一合作使《齐豫·三毛》印象连接更为提高，“齐豫”二字亦成为三毛书中最多次提起的歌手。1987年，她赴新加坡制作并演唱个人第一张英文专辑*STORIES*，在台湾发行一个月内即销售 16 万张，轰动一时。

1988 年，她的第一、第二张英文专辑分别在新加坡、马来西亚以及中国台湾、中国香港等地当期销售达 14 白金，创下迄今中文歌手出版英文专辑的销售最高纪录。香港 IFPI 之前标准是 2.5 万即算作金唱片，5 万算作白金唱片，10 万算作双白金，15 万算三白金，以此类推，可想 14 白金，是何等的巅峰。

人说，她的音乐是文艺的，超然世外的，就像《飞鸟与鱼》中所描述的，一种可望而不可即的意境。是的，她本就是个不追求名利、为人淡泊的女子，在这个女子所有的影像中，我们可以窥见的似乎只是一个自然、流浪的灵魂。在她的歌声中，人生的青春与暮年会同时呈现，或快乐幸福，或沧桑坎坷。

而今，她已洗尽铅华，醉心于梵乐的创作，如同她做客《艺术人生》时所说："我想做一个简单的人，这个世界已经有了太多的灰色，我想黑是黑、白是白，不要那么多的灰色地带。"

她的名字叫齐豫，是三毛生前最要好的朋友，曾被她亲昵地唤作天使。

2005 年，7 月。

丁薇——蓝色月光下独舞

忘记了是从什么时候开始喜欢上丁薇这个歌手的，只记得听她的第一首歌是《女孩与四重奏》。

管弦乐的协奏、爵士的韵调，隽永的风格。

我想，其时其刻，如若你内心平静，听到后会有阵阵悸动；如若烦躁，听到后必然平静下来。

听这个女子的声音，你会感觉像是睡在幽幽的云端，想要蜷曲着身子，想要慵懒地躺着。

一直以来始终偏爱这类有着灵性与才气的女子。

所以，至今仍清晰地记得一个画面。MV 里略现另类的清丽女子丁薇很自我地唱着，目光有着些许游离，若有若无隐现着一种与众不同的孤独气质。

那是一种身处于风景繁华处幽幽的静谧，充满着一种上海荼蘼

丁薇——蓝色月光下独舞
二〇一六年五月二十五日
汭波写

的没落小贵族的风情。

爱极了这种感觉。

夜已阑珊，我的心突然莫名充满了忧伤。

应该是强烈的孤独感。

我想，当忧伤降临的时候，每个人都有自己排解的办法吧。

我是极度信赖音乐这个好东西的，我发现，原来一个人独处的时候才喜欢听音乐，才会用心去聆听。

原来，音乐这个东西是这般自私，自私到不愿与任何人分享，尽管我知道，当我与我热爱的音乐紧紧相拥之时，我与我的忧伤之间的关系亦变得更为亲密，几乎是形影不离了。

只是，仍然喜欢饮鸩止渴的感觉。

于是，在这样的夜晚，选择聆听丁薇的歌声。

树叶黄了就要掉了，被风吹了找不到了
太阳累了就要睡了，留下月亮等着天亮
冬天来了觉得凉了，水不流了你也走了
音乐响了让我哭了，心亦丢了还会痛吗
…………

这是丁薇自画像般的歌曲《冬天来了》，也是我个人比较钟爱的一首歌曲，因为它不主流不媚俗。

《冬天来了》采用交响乐、合唱作为前奏，大提琴的低音来衬托背景，呈现出极强的画面感。

淡淡的歌词，被丁薇的声音诠释着，由抑到扬，由小到大，由低到高，竖琴流水般的刮奏把歌曲推得一浪高过一浪。

此刻，你会看到，一个长发飘飘的白衣女子丁薇无拘无束地在雪地里奔跑着、呐喊着，直至唱到天空发出了绚烂的色彩。

歌声无疑是华丽的，其间夹带着一丝淡淡的哀伤，虽然清冷却恢宏大气，深入了我的灵魂。

身边有朋友说，她不喜欢丁薇，因为丁薇的歌声自始至终透射着落寞与寂寥，那是无爱的绝望。

而我却一直感受着她的深挚。当我聆听丁薇，我会感受到洗尽铅华的低调与素朴，我会在隐现的落寂中听到爱的缠绵悱恻以及对生活的美好憧憬。

因为，我始终认为倘若真的绝望，又怎会用灵魂来歌唱?

丁薇曾说，一个完美的歌者会用自己的歌声做桥梁穿透听者的心，去感动听者的心，这就叫完美。

在这个心浮气躁的年代，如果你想要让内心得到一丝清凉的慰藉，那就去聆听亲爱的丁薇，感受这个蓝色女子的完美女声。

2005 年，7 月。

雕刻时光的歌声

读高中的那年夏天，和父母一起去北京旅游，路过一处地铁站口，听到了一个流浪艺人的歌唱。

像一阵细雨洒落我心底，那感觉如此神秘

…………

那是你的眼神，明亮又美丽

…………

有情天地，我满心欢喜

那是一个年轻的盲人，弹着吉他，深情地唱着。尽管看不到面前的世界，却让我从眼神中读到了快乐，从歌声中感受到了对生活的憧憬。

感动于这个情景，我走上前去，问他缘何有着如此乐观健康的心态。

盲人小伙子微笑着告诉我，他喜欢蔡琴的歌声，是歌声中传达的那种健康积极的人生态度激励着他直面生活的困苦，勇敢坚强地在这个世界存活。

感动。

为盲人感动。

为蔡琴感动。

那年那月的那一天，少不更事的我，透过盲人的歌唱，爱上了这个叫蔡琴的女人，爱上了她的歌声。

身边总会有朋友对我的这一情结不解，询问缘何如我这样一个看似时尚的年轻女子会去如此钟爱一个老去的歌手。

起初似乎是由于声线的些许接近，总会在和朋友聚会时挑选她的歌曲 K 歌。

直至地铁站口的那次邂逅，真正深迷上她的歌声。

细细思索，这一切其实是源于对生活的美好向往。

钟爱蔡琴，所以关心她记忆的点点滴滴。

钟爱蔡琴，所以几乎收藏了她所有的唱片。

那是一个眉间有着一颗醒目的痣的女人，一个成熟淡定的女人，一个芳华绝代的女人，一个在歌坛上红了将近二十年的单身女人。

早在 1981 年，这个美丽女人就以一首《恰似你的温柔》一举成名，她演唱的许多歌曲至今让人难忘:《出塞曲》《你的眼神》《心太急》《爱断情伤》《问白云》《我有一段情》，等等。

她亦是个多才多艺的女人，足迹涉及广播、写作、电影、服装设计、节目主持等多个领域，均颇有建树。

她的人生充满了坎坷曲折。

起起落落，浮浮沉沉。

经历了爱人的背叛，亲人的撒手人寰，一度的失声，仍能坚强从容面对，一路微笑着踏歌而来。

无疑，她是一个在时光流逝中神闲气定的歌者。

时常惊叹于人世间竟有着如此美妙的歌声，这般低沉迷人，如黑色天鹅绒般雍容华贵、典雅神秘……惊叹于这个女人举手投足间散发着的优雅大气。

聆听蔡琴，总是会在夜阑人寂的时候。

聆听蔡琴，歌声中诉说着一种古典的浪漫、优雅的感伤。

温柔含蓄的歌声对于热爱音乐的我们来说，如同一个温暖祥和的梦境。

常常在想，时光应该是一段一段的，而每一段时光都承载着不同的往事，有着不同的意境和情绪，也夹带着不同的感悟。

揭开尘封的记忆，歌声让我们回想，回想起曾经的刻骨铭心。歌声让我们憧憬，憧憬着美好生活的开始。

曾经，她说，从小就看演唱两个字，一直想问为什么加“演”这个字，后来明白，因为那是唱的极致。

是谁，在敲打我窗
是谁，在撩动琴弦
那一段，被遗忘的时光
渐渐地，回升出我心坎
…………

窗前月下，这个优雅的女人如醉如痴地用歌声雕刻着一段逝去的美好时光。

2005 年，8 月。

白光的风华

两条斜向额角飞去的大浓眉，轮廓分明鲜艳欲滴的嘴唇……平心而论，我是不喜欢白光这种长相和气质的，可是，我却又一再违心地流连于这个女子摇曳风情的歌声中不能自已。于是我想，这或许就是她被称之为“一代妖姬”的魅惑所在吧。

白光，原籍河北涿州，1921 年生于北平，原名史永芬。那年，北平还有两个女孩诞生，一个是白丽珠，艺名叫白虹；一个是杨君丽，艺名叫白杨。她们长大以后都和白光一样，成为赫赫有名的电影明星。一起被称为“北平三白”。

知道白光，起初是在香港作家亦舒的文字中，在她的笔下，曾多次提到她：“我希望在一个寒冷的冬日，北风凛凛，下班寂寥地回公寓，扭开无线电，听到白光的《如果没有你》‘如果没有你，日子怎么过，我的心已碎，我的事也不能做，如果没有你’，这便是享受。”

白光的声音醇美如酒，亦舒说。亦舒的文字煽动性颇强，我这个人，本就喜好古旧调子，自然开始留意开来。陆陆续续搜罗来一些老唱片、老电影欣赏，发现她的演唱技巧处理很娴熟，内敛沉稳，对声音的控制收放自如，明显有着一代巨星的大家范儿。《如果没有你》《等着你回来》《魂萦旧梦》《假正经》《恋之火》《醉在你忆中》《今夕何夕》《叹十声》和《东山一把青》《秋夜》等众多老歌中……那夹带着“京味”的“旧上海”腔调，那低沉慵懒的迷人嗓音，即便是历经半个多世纪后来听，仍弥漫着浓浓的醉人气息。她独有的有气无力的嗓音曾一度成为中国中低音女歌手模仿的范本，后世的潘秀琼（《情人的眼泪》原唱）、崔萍（《南屏晚钟》原唱）、徐小凤，再后来的梅艳芳、蔡琴无不受她的影响，徐小凤就有“香港小白光”之称。

值得一提的是，近几年的文艺界好像也分外钟情于她，徐克把《如果没有你》《假正经》拍进了现代电影，白先勇的经典短篇《一把青》里塑造的朱青是从白光身上得来的灵感，而《长恨歌》《暗恋桃花源》《上海探戈》等怀旧影片中也曾多次用到《如果没有你》《我等着你回来》来做背景音乐，其感性沙哑歌声的融入无疑为影片平添了不少风采。

相比于歌声，白光的演技其实丝毫不逊色。出道颇早的她，日军侵华时已在上海电影界崭露头角，主演过数十部故事片。其形象在当时非常前卫，颠覆了传统的风情万种和冶艳妖媚，一扫荧幕上千篇一律的淑女形象，一跃为当时上海影坛妖冶型明星首席。1949年，白光赴香港之后，加盟了张善琨主持的长城影业公司，先后拍摄了《荡妇心》《血染的海棠红》和《一代妖姬》三部影片。上映后轰动一时，她奠定了长城影业公司在香港影坛的地位，也算是白光的巅峰之作，同时，她与周璇、李丽华、王丹凤成为20世纪40年代中后期香港国语影片中“沪港四大女星”。

诚然，白光所扮演的角色，不论是在她生活的20世纪三四十年代，抑或相对开放的现世，在大众眼中都是颓废的、堕落的，是不入主流的。因为，她和周璇、阮玲玉、蝴蝶她们不同，后者所演角色多是温柔甜美、楚楚可怜的，它符合大众之于传统中国女性的审美，而凭借《桃李争春》中“交际花”形象一炮走红的她，则是纸醉金迷、放浪形骸的代名词。

可是，尽管人人说她“坏”，人人又都认为她是至情至性的善良女子。事业成功的白光，感情世界颇多波折，先后三次离异，饱尝人生之苦。是啊，世间诸事岂能万般如意。然而回首人生，向来烟视媚行的她仍免不了发出一声叹息:“我这个人做人失败，得罪不少朋友，婚也结得不好，一路走来，始终没有碰到一个真正爱我的人。”

所幸的是，1969年，49岁的白光到吉隆坡演出时，遇到了真正爱她的那个人，比她小20岁的忠实影迷颜龙。

颜龙体贴入微，对白光呵护备至，原以为今生与婚姻绝缘的白光，从此终于安定下来。二人长相厮守近30年，不离不弃，当真是美妙姻缘、旷世恋情。每当世人问及此事，她总以一句“缘分来了，千军万马都挡不住”回答，真可谓至情至性。

白光逝世时79岁，遗体葬在吉隆坡市郊富贵山庄墓地，整个陵墓建筑美观而庄严。沿着墓旁的拾级而上，可以看到一排黑白相间的琴键，琴键上端刻有《如果没有你》的五线谱一行，那是白光生前演唱的众多歌曲中最喜爱的一首。如果按动石级上的琴键，立即会传出白光悦耳动听的歌声：“如果没有你日子怎么过，我的心也碎，我的事也不能做。”

墓地四周种植了各种花草，并摆放了石桌和石椅。白光之墓建成后，前往凭吊和参观者络绎不绝——“琴墓”，就此成为吉隆坡的一处名人遗迹和文化景点，而墓志铭上颜君的言语却更为动人：

> 她天生丽质，貌美妙乐，艳光四射，魅力迫人。她以炉火纯青之演技与独特美妙之歌声风靡了无数的影迷和歌迷……
>
> 我们决定再续前缘，生生永远相亲相爱……

2010年，9月。

像罗拉那样歌唱

我时常幻想能够像她那样歌唱……

那样妩媚的声线，伴着隽永的爵士韵调，飘忽在回旋曼舞的管弦乐上，在无数个暗夜穿越太平洋的微风来到我的身边，让我的耳朵迷醉。

听她的声音，我便如同睡在幽幽的云端，几欲蜷曲着身体，慵懒地躺着。我想，她生来就是一朵神秘的曼殊沙华吧，因了荷兰父亲及埃及母亲的混血血统给予她与生俱来的风华，因了万般宠爱她的上帝赐予她优雅如天鹅绒般的质感嗓音，而这种宠爱还一直延伸到她的祖国，那些爱她的人们，以她为名培育出了一种新品种的郁金香。

是的，荷兰人就是用这种浪漫的方式来表达他们对她的热爱与骄傲……

爵士乐最早是表达非洲黑人劳动时状态的一种音乐形式，后来大多被歌者演绎为浪漫情歌，在全世界几乎每个角落都有人聆听和演奏。被誉为爵士天后的罗拉·费琪，一生中演唱过很多经典怀旧的情歌，那些通常会出现在酒吧、咖啡馆里的曲子，一旦伴以她轻灵的古典吉他声和感性温暖的轻吟浅唱，便会显得深沉、细密。

罗拉擅唱的拉丁爵士基本节奏元素源自于古巴的伦巴、恰恰、萨尔萨和巴西的桑巴、博萨诺瓦等舞曲，在糅入新鲜元素的同时，还完美地保有经典JAZZ纯粹和忧郁的内涵，既有着南美音乐的热情风味，又多了慵懒及轻松，宛如千面女郎，有清晨的清新、午后的慵懒、夜晚的深情及子夜的忧郁……

20世纪90年代初期，凭借首张个人专辑*BEWITCHED*，罗拉成为第一位打入美国*BILL BOARD*杂志爵士乐排行榜的爵士女伶，成为世界最大爵士场牌“VERVE”的当家花旦，亦成为那个年代少有的在流行和爵士界都备受瞩目的女艺人。而她翻唱的一首忧伤小调*Historia de un amor*，经小野丽莎、邓丽君、黄小琥、张国荣等亚洲歌手的继而翻唱，让更多的中国歌迷知道了罗拉·费琪这个名字。

——一个关于爱的故事，一个坚强的爱情宣言：你就是我生存的理由，爱慕你，对我来说，是一种宗教。

*Historia de un amor*描述了失恋的人对旧情刻骨铭心的怀念却又苦于“无可奈何花落去”的疼痛。歌曲是巴拿马人Carlos.E Almaran 1955年所写，翻译成英文应该是*History of Love*——爱的历史，中文歌名叫作《我的心里只要你没有他》。这首歌节奏较慢，配器凝重，色彩偏冷，所以较之多数热情奔放的拉丁爵士来说尤其添了些许深沉，自20世纪50年代创作至今，几乎所有从欧洲到南美的拉丁歌手都曾尝试翻唱。

记忆中，作家三毛好像也曾在《万水千山走遍》一书中提及此歌。当年她去某个南美国家游历，那里有她旧时的一个恋人，是名外交官，在用外交派司接她出关后，那人安排她入住自己家时就放了这首歌。虽然三毛在文中只是淡淡提及，但她的心湖彼时定是荡起了万千涟漪吧。

亲爱的，你已经不在我的身边
我的灵魂只剩下孤独
我再也看不到你了
为什么上帝要我爱上你
使我遭受如此多的折磨
…………
我们在一起的所有快乐和悲伤
都使我有重生的感觉
但是这一切都在慢慢熄灭
生活是如此灰暗
没有你我怎么生存
…………

灯火阑珊处，罗拉静美的歌声如潺潺流水般掠过你的心底，含着疼爱与悲伤、怜悯与隐隐的期望，一层一层将白日里的喧嚣、浮躁、戾气自你的内心抽离。于是，你被这如影随形的忧伤包围了，欲罢不能……

红尘中的情爱故事很多，有的凄美，有的花好月圆，有的才刚刚开始就结束了，就像那些花儿各自奔天涯……

真是不知动情歌唱的罗拉，这些年都有过怎样的情感经历？算来，她今时应该 54 岁了。我想，能将一首歌曲唱到如此缱绻缠绵，深入到人灵魂深处，那她最起码应该是个深深爱过的有故事的人。

或许，多年之后，这城市的某个角落，依然会飘荡着罗拉那醇厚的爵士韵味……

2011 年，7 月。

肆 心之形

在这个世界上，你也会如我，总能找到和你有缘的人，或许在相遇的那刻起，你们的命运便会交错在一起。

匆匆那年

一

只缘感君一回顾，使我思君朝与暮。

秋天的最后一片叶落下，阳光轻斜寒意。我与楚楠在校园里遇见。

此后，每天相约，在距彼此家不远的十字路口碰面，手拉着手儿上学，同做功课同回家，放学路上，争讲好听的故事，一句句学唱流行的歌曲……

如果你曾经年少爱追梦，一定也有过同我和她相似的经历。如果你对我们的故事感兴趣，我想，我很愿意讲给你听。

我叫风，她叫楚楠，我们彼此遇见，还是懵懂无知的年纪。她留着齐耳短发，从小桀骜不驯，长大了亦是烟视媚行的女子。而我，却常常垂着眼留长发，一直坚持做温柔懂事的女生。

人与人之间来来往往，或许如飞花般转瞬即逝，然而，任凭光阴如何飞逝，我始终暗暗发誓，无论咫尺天涯，我和楚楠的友情，见与不见，都要在那里，且一定要坚如磐石。

毕竟，我与她从记事起便已相知；毕竟，自那日起，春去秋来已然复十载。

二

故事开始的时候，时间的指针拨弄了时光隧道。透过记忆的幔帐，朦胧中，一切似乎都变得清亮起来。

那时，我们借着阳光画竹影，那时，藉河边，铁桥上，时常上演着我们的送别游戏。

我与楚楠家距离并不远，却要经由那座至今架于河道之上的小铁桥，每天，我们都要在那里依依惜别，而轮流送对方回家的两全其美的办法，亦从未认真实施过。

因为，每当我送楚楠到家门时，她总是不舍得让我独自回家，又要陪着一路返回。

如果记忆可以定格，我希望可以重返那段时光，如果你问我为何总是无休止地怀念往昔，我会说，那是因为记忆里有着纯真的温度。

这样的温度，始终定格于那个无风的下午，她受伤后，爬起的瞬间帮我拭泪的场景。

那是个闷热的午后，仍酣睡梦中的楚楠被我的敲门声惊醒，半醒意识中开门晕倒。牙齿穿透了小小的嘴唇，血瞬时顺着唇沿缓缓渗出，被眼前情景吓坏的我，却只会抱着她不知所措哭得一塌糊涂。

疼痛中苏醒过来的她，举起小手擦拭我的泪水：“我不疼，不要哭。”

8岁的我哪里知晓，她分明是在安慰我的无助。及至懂事后体验了摔伤之痛，我才真正想到，当日她该是怎样的刺痛。

多年以后，我仍时常忆起那一幕，两个小女孩，在来不及告知大人的情况下，自己去附近的医院，下唇足足被缝了七针。那是她人生第一个手术。

是的，我始终记得那段小时光。

楚楠说：“我不疼，不要哭。”

我还记得我冷的时候，她给我围巾暖我；我得意的时候，她用硬币掷我；我伤心的时候，她拉紧我的手说：“别难过有我在。”

我记得，我记得……

三

在这个世界上，你也会如我，总能找到和你有缘的人，或许在相遇的那刻起，你们的命运便会交错在一起。

后来，楚楠疯狂迷上画画，每天放学后拉我去买各种画书。很小的时候，她就显现出这方面的天分，她的画总比周围同龄的孩子显得成熟，这可真是让不擅绘画的我觉得汗颜。很多时候为能和高年级同学外出写生，她不惜逃课，在老师看来这无疑是不务正业，因她，时常和班里调皮的男生一起被罚站。

而我，依旧成绩好，依旧受老师爱护。自然，也曾像个说客，试图对她进行招安，结果总是无济于事。因为每逢至此，她便会拿着我钟爱的《红楼梦》来反驳：“宝黛为何是相知的，因为懂得，所以慈悲呀。”

这话可真让我无语，楚楠自小便是这样，古灵精怪。其实，她是比我聪慧好多的孩子，即便逃课，成绩在那一群艺考生中却总是名列前茅的。

夜空中繁星闪烁，我们并肩坐在月色里，仰望星空，数着哪些星星显得更加明亮。她看着我，亲爱的风儿啊，你是我想象中的另一个自己，如果我是个男孩子，一定会娶你为妻的。

两个女孩开心地大笑，笑声划破了整个寂静的校园。

——我像是在说梦。聪明的，我问问你，可曾看过矢泽爱的漫画？有时候，我和楚楠，真的像极了她画笔下的娜娜和奈奈。

四

人生若只如初见，何事秋风悲画扇。无论我们如何相识相知，我和楚楠，终归是两条无法相交的平行线。

高考结束，楚楠留在小城一所大学读美术，我去了北方一所外语院校。

十多年来，我们第一次分离。彼时的校园并不像如今，有微信，有 QQ，朋友之间可以通过网络天天见面。我与她，除了电话中的嘘寒问暖，大抵是书信往来，这样的方式一直持续了近 4 年。

我们在信里总说一些不咸不淡的话题，信件摞成了堆。它们，至今被我完好保留在钟爱的一个铁盒中。那里盛满了我的旧时韶光，虽然大抵是快乐的，一经翻开，仍会呛出泪来。

大学生活总是欢喜多于忧伤。在相对自由的氛围里，楚楠和我分别成长，各自结识了新的朋友。放假回家的日子，我们仍会聚在一起，喝茶聊天，逛服装店，或者去书店和音像店，淘各自喜欢的书和黑胶碟片。但我们在一起渐渐不再谈理想。

理想似乎是种空洞的东西，这让我时常陷入深深的怅惘。

亲爱的楚楠，你可知其实年轻的我们一直在努力，向着彼此的方向靠近。可是，愈努力愈是疏离。我们终归是两条无法相交的平行线。

时光不动声色地流淌，很快临近毕业，我的生活日渐匆匆，这时又接到了楚楠的来信。信中说父母通过关系把她安排在一家金融机构，但她不想去。她好想背着画夹去看外面的世界，这样才不会成为现实的困兽。

面对女儿的幻想，父母自然是坚决反对，为此冷战了许久。对着那封信，我不知如何回复，纠结几日后终于复信。

“亲爱的楚楠，无论你做出怎样的决定，我都会支持你，我愿你是快乐的。”

楚楠最终听从了父母意见。楚楠很少来信了，电话也极少。

不知她渴望飞翔的双足是否停驻，不知她日后是否快乐？我那时很想去看看她，就一眼。

毕业前夕，我去了彼城电视台，在一档法制栏目实习。实习的日子紧张忙碌，根本无暇写信，和楚楠的偶尔通话，也只是寥寥数语便匆匆挂断。

半年后，为了儿时梦想，我选择驻留那座城市，开始穿梭于日渐繁华的城市，在电台调音台下，聆听散落于城市中的各色故事。

五

无论我走到哪里，我都会像思念亲人一样，一个人在心里惦念楚楠，无论这惦记于她是否有用。

唉，谁能尽知时光，难解的时光。

2005 年，圣诞节的那个夜里，楚楠来信了，这是毕业后三年来的唯一书信。

风儿，这是我第一次如此正式地和你聊天吧？少时，当美丽的你看着言情小说和世界名著，决定要做温柔、贤淑的女子时，我却爱上了日本漫画，并决定敞开性格，任其发展。于是，我们思维的分界线就从个人爱好开始，产生了不相交的两条平行线。

就这样，我们度过高中，我上了本地不入流的大学，你鸽子般飞走，离开了这窄小的城市。我曾想，你在那个城市会怎样执着寻梦，会遇到怎样的爱情？而在这里的我，曾经的理想看似越来越遥远，可我的心终究不愿被改变，我的生活究竟在何处？

楚楠在信里说，困惑总是来找她，干扰她的精神，以致她养成了酗酒的习惯。终于，自我的性格养成太久后，所有的弊端及其带来的不良后果，就好像因果轮回一样，无比清楚而略带残忍地呈现于她面前。

一个新来的领导，用挑剔的眼光指责着我这个性格七棱八角的女子。年轻人，工作要带点儿压力。铺天盖地的工作量在他的授意下压得我连喘气的工夫都没有。而这时，千里之外我愿意放弃一切去追随的那个男人，也提出分手……

风儿，你知道我很少哭，这次却哭了，很久，很痛……

缓缓合上那封信，那一刻，我的眼眶轻微潮湿。旧时光里她受伤爬起那个瞬间帮我拭泪的一幕，又一次悄无声息地潜入脑海。

眼前的楚楠反复说：“我不疼，不要哭。”

圣诞夜，晴朗无风，夜幕下的古城被装扮得美丽迷离。街上行人来来往往，人群中，年轻的女孩笑靥如花。偶尔有风刮过，偶尔有小男孩偷偷燃放烟火。从窗外望去，烟飞舞于风中，有些空幻，却很用力。

我亲爱的楚楠，我是多么希望，你人生旅途中所飘散到的每处地方，也有人如我这般，注意到你的用力。

我的故事还没讲完，不知你是否用心在听？或许，对你而言，这真是些微乎其微的小事。可于我，记忆的阀门一经打开，便有些势不可当。

此刻，初冬的阳光暖暖地照进屋子，我床头的音箱里正循环播放着一首王菲的新歌——《匆匆那年》。

她空灵的声线唱道：

…………

如果过去还值得眷恋

别太快冰释前嫌

谁甘心彼此无牵也无挂

我们要彼此亏欠

我们要藕断丝连

…………

2005年初稿，2013年改。

曾 经

他和她的故事很简单，一段发生在爱尔兰首府的不期然的美丽邂逅。

八天的时光，短暂，却温暖。

第一天。是个傍晚，都柏林的地铁站口，卖艺男孩同往常一样弹着他那把旧吉他唱着心碎的歌，歌声中吟唱的爱情尽管早已成为过眼烟云，眼下却也能让他糊口。

这个冬天很冷，街头那些冰冷的雕塑，那些半旧的建筑，那些为生计奔忙而无暇聆听这忧伤歌声的路人，衬得男孩高大的身躯多少有些形单影只。

女孩显然是被男孩歌声中深深的牵念吸引驻足的。他的歌唱得如此忧伤，背后究竟有着怎样的故事，她感到好奇。

她说："你刚刚唱的歌，是自己写的吗？"

他说："是的，不过还没完成。"

她说："意思是还在修改？"

他说："是的，还在修改。"

她说："你这首歌是为谁写的？"

他说："不为谁。"

她说："胡说，她在哪里？"

他说："她走了。"

她说："你还爱她吗？"

他说："拜托，小姐。"（摇头，无语）

她说："你不爱了，不对，忘了就不会写这样的歌了。"

…………

因为音乐，女孩和男孩成为一见如故的朋友。

女孩移民自捷克，有一个两岁的女儿，是一个单亲妈妈，平日虽以卖花为生，却一直未曾放弃挚爱的古典钢琴演奏。旧琴行里，德国作曲家门德尔松的音乐从女孩纤细的指尖缓缓流淌，男孩飞扬的吉他声和女孩幽雅的钢琴声开始了第一次的交集。

那一刻，男孩的创作灵感泉水般奔涌而出。

"我们不曾相识，但我愿意和你在一起"（*FALING SLOWING*），男孩和女孩的灵魂开始随着音乐纠结。

第三天，女孩在帮男孩填一首歌词，填到一半，CD 机没电了。暮色中，女孩从家中飞奔去超市买电池。

"你真的在我的身边还是我在做梦？我不知道这到底是梦境还是现实，因为距离我上次见到你很久了，我几乎已经记不起你的脸了，当我真正孤独的时候只剩下安静，我想念你的笑，和你眼睛里的骄傲。”

瑟瑟风中，身着睡袍穿着拖鞋的女孩旁若无人地哼唱着，目光游离，神情慵懒。

女孩空灵的声音，伴着夜风，带着醉人的忧伤。她已完全陷入他的音乐世界中，每一个音符都似乎敲击着她的灵魂，内心暗涌的情感温暖了整个寒冷的夜。

女孩突然感到迷茫，对远方不知所终的丈夫，对眼前这个城市中美丽的邂逅。那天，在海边，男孩曾经问她：“你爱他吗？”“我爱的是你。”女孩用男孩听不懂的捷克语回答，它成为女孩和男孩一生未曾表白的表白。

是的，如他一样，她爱他，因为他们的灵魂是如此相通。可是，既然爱了，本该成全。她不能离开家庭，而他，亦终该努力追寻他的音乐梦想，同那个她在一起的。

第八天，女孩最终放弃了同男孩一起去彼城实现音乐梦想的约定。男孩离开之际，用唱歌挣来的所有钱为女孩买了一架女孩一直梦寐以求的属于自己的钢琴。然后，微笑着离开。

开往伦敦的列车与都柏林的街头渐行渐远，女孩和男孩的灵魂却从未走远。因为，曾经，他们相遇了一次，一起唱了很多歌。曾经，他借过她肩膀，让她小心翼翼地哭泣，直至打湿衣角。

他们之间的爱情，高山流水般唯美、不求回报，一如音乐本身，有时安静舒缓，有时荡气回肠。

2008 年，8 月。

心之形

与远在彼城的你隔着暮色聊天，聊音乐。

夜，一低再低。抚摸每一个跳动的音符。忧伤，或者醉。你忽然说，一朵，你的假休够了吗，是不是该回归“旧时光”了，已经好久没听到你的声音穿越夜空的电波了。

倏然感动，心轻微一颤，顺手在微信里找到一颗心和一个热泪盈眶的表情，发将过去。

是的，你的话让我觉得温暖。为了让这颗日渐浮躁的心透透气，我一度选择了休憩，可事实上依然无法止于匆忙。而此刻，语言，让时光变得静好。

你是电波中时常寻我探讨人生的一个“耳朵”。正在读博士的理工女，好文学，有着那么深的广播情结。

与你的相识源于我兼职的小城电台。每个周六，我都踏着月色如约而至，做一档名为《一朵旧时光》的夜间节目。我在昏黄的调音台下，散淡地说一些关于文学电影音乐的事儿，而你，总是不折不扣守候聆听，间或发来性情所至的随笔及诗歌。

对于在高校教室中每天埋头于物理理论的你，能始终拥有一颗柔软的诗心，借由文字与真实的自己相遇，这让我感慨和欣赏。

我们正说及的歌曲，是一首曾经很火的奥斯卡经典歌曲，我钟爱的摇滚诗人 Sting 所唱，*Shape of My Heart*。

心之形，法国电影《这个杀手不太冷》的片尾曲。你说你喜欢这首歌。每当乐声响起，电影中的画面，便会在你的面前不停地晃，晃啊晃。

你说，打动你的，是一种绝望的爱，还有重生。如同杜拉斯的《情人》。

你说，影片深处，歌声深处，杀手 Leon 在游戏中不断寻找自己游移的心。在终结的悲剧里，满面黑须、墨镜寡言的他，也许永远找不到那张游戏的红心。却终于寻觅到，属于自己的一颗爱的心。

“记忆愈褪色愈深刻。一朵，你认为呢？”

我轻轻地笑了。

是的，彼端的你，从未谋面的你，年轻的你，多么像曾经的我，痴迷于令人忧伤的一切。文字，电影，音乐，生与死的哲学，还有那恨不能为之殉葬的理想……

青春，回忆起来多么遥远。那么飞扬恣肆，那么义无反顾。与你淡淡地说着这些，时光于我一时清明，一时恍惚。嗬，实在有些蒙太奇。

“在这儿我们安全了”，当 Mathilda 将手中的万年青移归大地的时候，她轻轻地诉说着。镜头自她面前斑驳的树影中升起，越过无声摇曳的树，一直投射到遥远的地方，那里是一座海市蜃楼……终究，绿植回归自然，生命回归天堂。世人眼中冷酷无情的杀手Leon，在闭目之后，拥有了爱与平静。或许，这即是一种永恒。

影片终了，Sting委婉低沉的歌声缓缓响起：“我知道黑桃是士兵的利器，我知道梅花是战争的武器，我知道方块意味着棋局里的财富，但那皆不是我心之形状……”

Shape of My Heart——心之形。心的形状会是什么样子，也许需要一个特定的环境，也许需要一种心情，对它才会有本质的理解。

仿佛时光的游离。影片落幕的一刻，年轻的我哭得眼圈通红，恨不得飞进荧幕让Leon复活，让他守候纯真的Mathilda成长。这样，他们便可以拥有完美的结局。

你不是总在想象我年轻时的样子吗？悄悄地告诉你，这就是彼时的我。倘若人生重新来过，或许我会选择换心。换一颗冷静坚硬的心，让青春的它能多一份决绝，少一些忧伤。可是，倘若如此，是否又会少了一些值得回味的记忆呢？人啊，终归矛盾。

C，白昼过于喧嚣，我们都渴望拥有清明宁静的灵魂，可是在走心的路上，却无法幸免意料不到的迷茫与苦痛，心的形状日趋变形。佛经说，人于浮世，独生独死，独来独往，苦乐自当，无有代者。

是的，C。这个世界每个人都是孤独的，再热闹的相聚，再深情的相守，终须一别。死，也是一别。然而，尽管如此，人人仍然不停地寻找爱，寻找温暖。有爱的心灵不会孤独。如同我们正在聆听的这首歌。将音乐赋予了诗歌灵魂的Sting，用他独具人文情怀的歌声，唱出了貌似冷酷的杀手Leon内心的独白，爱的独白。唱出了心的形状，爱的形状。

西格夫里说，心有猛虎，细嗅蔷薇，时光将这温情的呐喊，渗透于电影与音乐之中，对复杂的人性给予双重解构，让停留于故事外观望的你我，总是禁不住一番热泪盈眶。想起了叶芝的诗：

虽然枝条很多
根却只有一个
穿过我青春所有说谎的日子
我在阳光下抖落我的枝叶和花朵
现在我可以枯萎而进入真理

爱的勇敢里，没有谎言，只有永恒。亲爱的C，记得你曾经对我说，那些无望让你恐惧，以后不会再爱。我当时保持了沉默。现在，我要告诉你，这个世上没有人是孤岛。无论走得多远，我们总有一天会找到回家的路……

2015年，10月，台灯下。

达古拉，爱情的长调

是夜，无意间听到了一曲蒙古长调《达古拉》，悠远的马头琴声倏忽间竟将我带入了那片无垠的科尔沁草原。

循着歌名，我猜想这忧伤哀婉的曲调必定隐着一段故事。颇费了周折，终于从远在乌兰巴托的大学同窗处打听来这样一个故事。

应该是一个关乎爱情的凄美传说。

古时，有一位名叫达古拉的蒙古族女子，勤劳、善良、美丽、执着。不幸的是，达古拉患了一种奇怪的病，多年以来，她的父亲找了许多的医生都无法医治。

一天，草原上来了一个叫丹增宁布的医生，说能治好达古拉的病。经过了几个月的悉心治疗，达古拉的病基本得以康复。而这对青年男女也因日复一日的接触，彼此生出了爱慕之意。终于，那个繁星点点的夜晚，他和她迸出了爱情的火花。

后来，丹增宁布要远行。出发前，小伙子与心爱的姑娘在月下私定了终身。再后来，当丹增宁布骑着宝马归来之时，达古拉却早已被迫嫁给了恶霸钱金宝。

分明抵死般爱着，却无缘长相厮守，丹增宁布伤心欲绝自杀身亡。痴恋着丹增宁布的达古拉听闻这一噩耗，便也殉情自杀了……

彼端，朋友认真讲完了这个故事，我听到她在电话里长叹了一声。

爱终究是经不起等候的，她说。

挂断电话，心不由得怅然。

抬眼看了看窗外，夜突然沉起来。一阵凉意袭来，不知几时起风了。

《达古拉》，依旧在床头的CD机里循环播放着。向来就是这样，一旦喜爱上，听多少遍也不觉厌倦。

《达古拉》其实有很多个版本，长调、民歌、马头琴演奏曲目等。众多版本当中，最为着迷的是由著名的马头琴演奏家、中国马头琴第一人包朝克演奏的《达古拉》，收录在其唱片《马头琴魂传说》中。

马头琴，在蒙古语中被称为“胡兀尔”“莫林胡兀尔”，汉语俗称胡琴、马尾胡琴、弓弦胡琴。因了乐器的顶端有一个端庄生动的马头雕像，故而得名马头琴。马头琴音色柔和、深沉带有一些苍凉感，具有浓郁的草原韵味。从产生那天起，它已伴随着蒙古民族走过了一千三百多年的历史，深受牧民们欢喜。

此外，长调《达古拉》也很动听。蒙古语中，长调称“乌日图道”，意即长歌，除了指曲调悠长外，还有历史久远之意。

始终觉得长调的律动和歌腔如若广袤无垠的草原，恣意流淌着

达古拉，爱情的長调

四季轮回的气息。印象中，曾有诗人在听过长调后这样描述：他的歌声横过草原，天上的云忘了移动，地上的风忘了呼吸，毡房里火炉旁的老人忽然间想起过去的时光，草原上挤奶的少女忽然间忘记身在何处，所有灵魂都随着歌声在旷野徘徊……

聆听《达古拉》，我想，最好是选在一个暮霭沉沉的夜晚。

因为，这样你才会更为深切地体味其旷古幽远的情境，才会油然生出某种臆想。聆听《达古拉》，恍然间，你会觉得被这抑扬的长调引领着，信步游走于茫茫草原，沐着自蒙古包升起的袅袅炊烟，闻着远处飘来的阵阵奶茶清香，眼前浮现出的是落日余晖下的勒勒车影。

你或许会问：说了这许多话，还不曾明了达古拉究竟为何意？其实，达古拉在蒙古语里就是带弟的意思。照此理看，达古拉的父母当时还是很期盼在女儿之后得个儿子的。要说，自从这个故事流传开来后，草原上的女子们就纷纷以达古拉为恪守爱情的标准，显然，美丽善良的达古拉已成了东部蒙古草原上女孩子的代表。

达古拉的故事让我想起了那对化身为蝶的眷侣梁山伯与祝英台。故事所处的文化背景虽不尽相同，其间渗透的伟大爱情却是相似的，它超越了地界。如果说，生活在温婉水乡的梁祝为后世孕育了经世的越剧和小提琴曲，那么，蒙古族女子达古拉亦成为乐者们的创作源泉。它们无疑都唱尽了世间的悲凉欢喜，传述着人们的美好愿望。

温婉的越剧，悠远的长调；细腻的小提琴，苍凉的马头琴，无论居于高雅殿堂，抑或传于广袤自然，于热爱音乐的我听来，都是安抚灵魂的好居所。

岁月流转，当所有的一切都在古老的乐曲中化为轻絮时，唯独这关乎爱情的马头琴声和长调，依旧在人世间亘古永恒着。

2008 年，9 月。

音乐断章

左岸香颂

在法国，塞纳河的左岸是一块文化圣地，是艺术家的天堂，散发着温暖的人文气质。

因了对左岸的向往，喜欢上这首叫《左岸香颂》背景音乐的歌。

然而，最初却是不懂得它的意思的。后来专门查阅了资料，才知道原来“香颂”在法文中的原意是“歌曲”的意思，而狭义上的香颂则是法国世俗歌曲的泛称，亦是法国流行歌曲的代名词。

左岸香颂，译为最后的华尔兹。

这里要说的背景音乐名字叫*L'aquoiboniste*，翻译过来的意思很有趣，总说“有什么用呢”的人。

想了想，应该可以理解成，乐天主义者。

小野丽莎真是无愧日本爵士女王的称谓，尽管是翻唱，歌曲一经她的玩味，一如既往，娓娓道来。

些许轻快，些许跳跃。虽然，略带了一丝忧郁，底色却是温暖的。

拥有黑色长发的亚裔女子小野丽莎，出生于bossa nova的故乡巴西，这是个充满阳光、音乐与狂欢传统的国度。

这里有着曲线奇特的巴洛克建筑，有着极具韵律、奔放热烈的桑巴舞。

这里，最是应该兴起一切令人迷醉的音乐。

说了半晌，你们是否已经叫醒了沉睡的耳朵。那么，在这个秋日微凉的夜晚，就由我带领着你们，在无边的幻想中，在生命或生活中夕阳西下的那个静谧时刻，一起来分享这个慵懒、浪漫的JAZZ女声。

我想，聆听的时刻你一定会爱上她。

或许，只是一瞬的时间，或许，会是一生一世。

爱尔兰画眉

初识爱尔兰画眉，尚是花样年华。

其时，偶然看到一部电视艺术片选用一段风笛作为配乐，自此，便深深恋上这美丽如水样的音乐。

再次聆听，透过甜美的鸟鸣声，更加感受到音乐的不染纤尘。

笛声似自亘古而来，悠远，纯净。

诉说着流浪与寂寞，瞬间安抚了烦乱的情绪。

风笛声声，仿若天籁，舒缓凄绝如同画眉鸟儿的鸣叫。鸟鸣声中，我感受到纯洁而洒脱的情感。

柏拉图说，人的灵魂来自一个完美的家园，那里没有我们这个世界上任何的污秽和丑陋，只有纯净和美丽。

恍惚之间，仿佛置身于温暖祥和的爱尔兰田园。

头枕双手，躺在温暖的草地上。仰望着无垠的蓝天和云朵，身旁，悠闲的羊儿在微风中欢跳……

一切，那么美好那么自然。

思绪飘飞，如醉如痴。恍惚间，进入物我同归的梦境。

As time goes by

CD 的封面，选取了黑白两色作为背景色调。

有些温暖，有些沧桑。

旧时光的感觉。

时光流转，这是电影《卡萨布兰卡》的主题音乐，它在电影中甫一出场，就显得很有腔调。

在 Ilsa 的一再要求下，老歌手 Sam 才弹起钢琴，开始缓缓地唱出这首歌。

“你必须记住这时光，无论时光是否流转……”

其实，后来看资料，这首歌在电影之前早已风靡世界，电影里只是借用了原歌的一部分。

爵士的节奏永远是随意的，Billy Holiday 完全忘情地“拖拍”堪称经典。

略显沙哑的声音，伴着钢琴声汩汩流出。初始是舒缓的，结尾却又轻快了起来，最后干净利落地收了尾。

五六十年代的老歌一直这样充满魅力，无论以怎样的方式演绎，总能让你百听不厌，回味无穷。

as time goes by。

午夜降临，独自在小屋，聆听着喜欢的音乐，真是欢喜。

Davai Za

你，此刻在做什么呢？若有空，便随我来听这首歌吧。

歌名叫*Davai Za*，一首反战歌曲，音译过来的意思：为了。据说很多 Lube 迷们更愿称其为“大袜子”。

有人说，伏特加是何味，这首歌便是何味！我是从不喝酒的，所以无法深刻体味这比方。那么，请允许我用自己的方式说与你听。

这歌，收录在被誉为 20 世纪 90 年代俄罗斯最伟大乐队的 Lube 于 2002 年推出的同名专辑中。伟大的乐团创作伟大的音乐，多年来，Lube 始终未曾忘却在音乐中进行人本主义的探索，寻求人文精神的回归。他们亦试图通过诗性的语言，通过满含泪水、心酸与痛楚的歌声，唤起世间和平。

专辑中配乐元素是相当简单的，手风琴、木吉他，此外，还可以在旷远的音乐声中间听到飞扬的口琴声。

深情款款的卷舌俄语，低喃轻柔的女声和声，极易使我们回忆起幼时看俄罗斯电影的片段，在那片寒冷广袤的黑土地上，生活着热情、豪放、忧伤的人们。

一直固执地认为，音乐的魔力本就是初听便能让人为之着迷、沉思、流泪……我想，这魅力于 Lube，该是当之无愧的！

是真的，我已深深地迷上了这支来自俄罗斯的伟大乐队，你呢?

附:*Davai Za*

灰色的乌云笼罩整个天空
神经像吉他的弦那样紧绷
雨水打在地面发出像鼓一样的声音
伴随着日出直到日落
时间被永远地冻结
我们向所有的方向开火
坦克，步兵，信号弹，炮兵被我们击败
但是我们会再一次被调动，拥挤着向前进攻

来，为了生命，来吧兄弟，让我们好好活着
来，为了他们，那些和你一起战斗的人
来，为了生活，管它可恨的战争
记住他们，那些和你一起战斗的人

灰色的天空笼罩在我们的头上
天空铺着薄薄的雾
我们想要相信，一切都已经结束
可是身旁靠着我受伤的同志
你忍着，我亲爱的兄弟，现在你还不能死去
你将会幸福地生活下去
我们要去你的婚礼上跳舞

你会像个天真的孩子在天空中飞舞

来，为了生命，勇敢的兄弟，让我们好好活着
来，为了他们，那些在家里等待你的人
来，为了生活，管它可恨的战争
记住他们，那些在家里等待你的人

来吧，为了他们，为了我们
为了西伯利亚，为了高加索
为了远离黎明的城市
为了朋友，为了情人
来吧，为了你们，为了我们
为了前线的兄弟，为了边防的兄弟
为了国家的勋章

祖父四十五年在柏林拍的照片
在老相册里被找到
那时他是红军的指挥官
有青草的味道
在黎明的时候
被士兵的靴子践踏的手和脚
从被轰炸过的土地里发出呻吟

来吧，为了生命
来吧，为了他们

来吧，为了生命

让我们记住那些曾经和我们在一起的人

迷上印度之花

Blossoms From India.

一首曾被作为德国 BOSS 香水广告曲的印度之花。

诡异的开场，华美的律动，恣意游离于东西方古典与现代乐曲之间。曲调与宗教精准地结合着，为你灵动勾勒出一抹交织幽雅与神秘的异域风情。这是什么乐曲？能使世界和着它的节拍摇摆。

端的让人沉沦！

*Blossoms From India*的作曲者名叫瑞肯（REIKAN），土生土长于孟买，深受古老印度精神的启发。瑞肯在 5 岁时便开始接触音乐，后在西塔琴音乐家 RANDIT 的启蒙下完成他的音乐训练。

18 岁那年，瑞肯游历美国，在遇见日裔打击乐家 MA RK-YASUDA 后，开始接触西方音乐谱曲。在他的音乐里，希望透过非传统的方式来表现西方音乐，而在旋律方面仍不失其原味。他运用新技术糅合古老并添加新声音，一种全新的谱曲方式，不扭曲属于印度之辉煌情感与象征。

在这张关于印度的专辑里，你会听到深信轮回来世的印度子民心声。

在印度，一支西塔琴可以弹尽人间悲苦，同时借着琴声还可以显现弹奏着的社会阶级与地位，其中丰富性与变化性不寓可知。印度乐的演奏方式与谱写音乐的方式全凭音乐演奏者当时的情绪与表达方式而变，这是极富自由风的即兴曲创作。因此，或许我们在聆听印度音乐时需用“心领神会”四个字来表达作曲者与欣赏者的心情。

这张专辑以全新的方式诠释古老的印度，让印度独特的音乐传统获得再生的力量。当音乐响起，雨水的淋漓，曼陀罗花的恣肆，莲座的圣洁，香音的袅袅依依，茶馆的世俗喧嚣，瑜伽的神秘柔美以及对神的敬仰，对天地万物的猜想，都在这如怨如诉、绵延不断的旋律中娓娓道来。

简单的配乐，空灵的鼓点，细细地汇成人们的愿望，弥漫在天地间。聆听的时刻，请，同我一样，随着律动在暗夜自由飞旋，可好？

2005年，9月。电台。

落叶，几种叙述

和你在夕阳西下的时光里，一起听《落叶》。

一杯咖啡，一沓泛黄的老照片，或者，老藤椅，老唱片，老电影，总之，是老式的一切……

“落叶”，这词听起来有些忧伤，让我想起了泰戈尔的诗句，“生如夏花之绚烂，死如秋叶之静美”。

可是，我们正在听着的歌声并不哀伤，这是一种独特的叙述方式，经典法式迷情。音乐响起，眼前出现的是，美好落日，微风，以及平静湖面……

歌词出自法国著名诗人雅克·普雷维尔的诗句：

这是我们相爱时唱的歌
爱我的你，爱你的我

那是我们朝夕相处的日子
但生活将我们拆散
如此悄无声息
海浪涌上沙滩
冲走了爱人们的脚印

朦胧。慵懒。一成不变的悠慢，缠绵，扯着时光的曼妙衣裙。

在渐渐蜕变的时间里，没有什么比落叶的叙述更为直接。

无边落叶萧萧下，秋天的欧洲原野，有着莫奈笔下的金黄。落叶坠地，那般温柔，那般宁静，深沉而轻盈，仿佛在守护着一个不愿破碎的梦。

歌声来自伊基•波普，朋克音乐教父。相较小野丽莎的香颂版本，以及罗拉•费琪、安德烈•波切列，以及其他诸多，还是更加着迷于这把如低音炮的沙哑嗓音，感觉是如此深邃、沉静。

狂野的背后，或许暗藏着更多的温柔。

那沧桑而温暖的叙述，在你耳畔萦绕，即便此时真的听不懂几句法语，亦会深深迷醉其中。

是的，这个雨夜，就让我沉沦于这低沉、永远低沉的歌声，就让我在这一瞬间，无可抗拒地忆起流逝岁月里那些斑驳的过往……

2016 年，6 月。

浮生七记

今 夜

枕边躺着一张 CD，是许巍的《那一年》。

初识许巍的音乐，原因很单纯，仅仅是为了完成一档音乐节目的文稿，想要略微了解一下国内摇滚乐的发展状况。

那时，正值年少轻狂，脑子里充满了幻想，也就不大可能深刻感受音乐所传达出的厚重。后来，一些美丽的梦想逐渐被现实一一撞碎，音乐逐渐从陶冶性情转化成为疗伤的工具，于是，真正从心底迷恋上了许巍那充满忧伤的歌声。

我，是那种极度热爱音乐的人，音乐之于我的意义，如灵魂般伴我游走。

曾不止一次设想过，生活中失去音乐，天空将会是怎样的漆黑一片。

用心听他的歌，不经意间，自己就幻化为歌中人。

那一年你正年轻
感觉到生活一定会很美
那理想世界就像一道光芒
在你心里闪耀着
…………
这么多年你还在不停奔跑
眼看明天依旧虚无缥缈
在生存面前那纯洁的理想
原来是那么脆弱不堪
…………

许巍，这个从古城西安走出去的音乐人，既是忧伤的诗人，也是孤独的旅者。

他用充满诗性的歌声，鼓舞着一样充满美好梦想的青年人。

他的音乐，清新、自然，充满了深入人心的感动。这种好听与感动，划清了各自的音乐人生。

物是人非，斗转星移。就在今夜，聆听着许巍，很多往事，不经意间便浮上心头。

人生的道路总是充满了迂回曲折，经历岁月的磨砺，许巍的歌声也开始变得平和、豁然。

让它自然地来吧，让它悄然地去吧，就这样微笑地看着自己，

今夜
二〇一六年八月十四

漫步在这人生里。

社会越来越浮躁，人心越来越难掌握，纷繁的城市中，有着太多的困扰与牵扯。遇见这坦然纯真的音乐，不正是对心灵的一种抚慰？

也许，不仅许巍自己需要这样的关怀，我们每个人都需要。

我们需要这份真、这份从容。

窗外，冷雨飞扬。屋内，许巍的歌声伴我入眠。

2002 年，9 月。

秋夜忆三毛

这个秋日的夜，忆起了三毛。

那是个长发飞舞，笑靥如阳光般明媚的女子。

思绪悠然，瞬间飘飞到那些摇摇晃晃的青葱岁月。

那时，对生活、对爱情充满了最初幻想，这个浪迹天涯的女子，一度成为心中偶像，成为一种象征。

读《撒哈拉的沙漠》，被她和他不食人间烟火的爱情故事深深打动。原来，人世间竟有着如此纯粹美好的爱情——

热烈而缠绵，多么让人憧憬。

开始向往撒哈拉，那是一种魂牵梦萦的神往。我常想，那片沙漠，定是个充满美丽梦想的地方吧，不然，怎会让精灵般神秘的这个女子如此痴迷？

记得当时年纪小，你爱谈天我爱笑，有一回并肩坐在桃树下，风在树梢鸟在叫，不知怎么睡着了，梦里花落知多少。

浪漫如斯，痴情如斯，真诚如斯，唯美如斯……在她笔下，很少看到尔虞我诈，字里行间，皆是真诚与爱——

她的文字，充满了对生活的向往，干净得不染纤尘。

她的文字，洋溢着理想主义的色彩，真实得让人流泪。

见字如面，少时的我，透过文字，深深爱上了她。

而她，始终在淡淡的人间烟火中，在滚滚红尘中，苦苦追逐着心灵深处那份爱恋。传奇一般的经历，传奇一般的爱情。

“不要问我从哪里来，我的故乡在远方，为什么流浪，流浪远方……”

《橄榄树》响起，在歌声中，在文字中，在时间的河流中，她活成了一个符号，成为流浪与爱的化身。

她的爱恋，超脱了红尘，灵魂华美优雅，可命运于她，却悲情而遗憾。

三毛曾说，“如果选择了结束生命这条路，你们也要想得明白，因为在我，那将是一个幸福的归宿”。

孤独至此，她，最终却用一只丝袜结束了生命。1991 年 1 月 4 日清晨，以她决绝的方式，给爱她的人们，留下一个永远的背影。

起初不经意的你，和少年不经事的我，红尘中的情缘，只因那生命匆匆不语的胶着。

斯人已去，笑靥依旧。

这个秋日的夜，宁静而寂寥。歌声穿过月光，突然，忆起了三毛。

2005 年，9 月。

不如不见

朋友失恋了，痛苦异常，每天借助繁忙的工作麻醉自己。

作为闺蜜，我眼睁睁看着她疯狂，唯一能做的只能是言语上的宽慰。

彼时，朋友正处于人生的低谷，适逢那人生活亦不太平顺，两人经由同事介绍相识，大有相见恨晚的感觉。

对朋友而言，爱情出现得恰如其分，进展亦美好顺利，这对恋人亦曾一度被我们羡慕和祝福。

然而，感情持续一年之后，两人的交往开始出现不合拍的节奏。朋友及男友，都属个性执拗之人，相处久了，渐渐不再像初见时那般迁就对方。二人之间，争吵几乎成为家常便饭。

最终，男友不再坚持，以性格不合提出分手，抽身离去。

朋友始终不愿相信分手的现实，几乎每日陷入悲伤之中，一见面便哽咽着对我重复一句话，我们彼此深爱，为何就不能长相厮守？

作为他们这一场激烈爱情的见证者，面对这种结局，我竟一时无语。

一日，趁朋友情绪渐趋平静，我给她讲了一个在《庄子》中读到的故事。

两条鱼被困在车辙里面，为了生存，被迫相互呵气，以口沫濡湿对方以保持湿润，挽救对方的性命。但这并不是鱼儿想要的生活，恰是其最无奈的选择。对于鱼儿而言，如果哪天有水漫上来，它们又能重回江湖，各得其所，任其游跃，这才是理想的归属。

海水终于漫了上来，鱼儿在最适宜的地方，快乐地生活，忘记了对方，也忘记了那段相濡以沫的生活。

“似等了一百年，忽已明白，即使再见面，成熟的表演，不如不见。”

歌曲《不如不见》唱的便是鱼儿的心声。

有些人一直没机会见，等有机会见了，却又犹豫，相见不如不见；有些爱一直没机会爱，等有机会了，已经不爱了。少时始终不甚明了的个中滋味，在目睹朋友的经历后，幡然醒悟。

生命原本就是一场体验，横过了时间和空间，过去的早已逝去，趁着彼此尚有余温，相见不如怀念。

且将一切交付光阴，让一切归于平淡，或许这才是最真实的人性。愿每一个沉浸内心痛苦的人，都能抬头寻找到自己的一方蓝天。

2006 年，5 月。

时光漫步

找一个午后，有微微的春风，行走于藉河边上，看水，看花，看过往的行人，还有贴着云朵飘游的风筝。一切显得宁静、淡然。

春天，是一个多么需要读诗的季节，在花下，看分行的语言流淌的山色，看修辞里分明蕴藏的风云，看花影又落在纸上，看斑驳时光留下的浅淡痕迹。

这，可是你记忆中最美的春天？

“从明天起，做一个幸福的人。喂马、劈柴，周游世界。从明天起，关心粮食和蔬菜。我有一所房子，面朝大海，春暖花开。”

时光
十二日游波写意
二〇一五年十二月

面朝大海，春暖花开。或许每个人也曾有过这样的梦想，年少时，梦想着去德令哈看星辰、去大海边怀念那块亚洲铜。要么，以梦为马驰骋青春，去流浪，去看一路北上的春暖花开。

25岁那年，年轻的海子离开人间，那也是一个春天。他用极端方式告别生命，终究，只将美好祝愿留与世人。他的离去，很长时间里留于我们的，不仅仅是怀念，或许还有疑问，该用怎样的方式面对生命？

世事无常，每个人在人生旅途中，或许都会遭遇风浪，但我想，活着应该是面对生命最好的方式吧——

春光如此美好，如此让人留恋，又有谁舍得离去？

春天，需要一场行走，简简单单，背着相机，一双球鞋，就可以出门了。脱去厚重棉衣的日子，总是轻松的，像一只鸟儿，打开翅膀，开始轻盈地飞行。若时间不允，那就在小城四周走走。这儿，没有大海，没有波澜壮阔的故事，唯有南北二山可以相对。南山，已是一片葱茏，远影如黛，朦胧却充满了生机。

要么不看南山，直接行走在街上。看流动着的车辆，看步行街来来往往的姑娘，看那些视线中的草木，看流动着的暮色，于是，想起许巍那首温暖的《时光》。

“在阳光温暖的春天，走在这城市的人群中，你是记忆中最美的春天，是我难以再回去的昨天。”

不经意时光匆匆流逝，其间有过多少无奈，终归已是过往。清淡，从容，行走在这人生里，最初的迷茫，青春的不羁，终将归于淡然。

开始漫步，意味着开始接受自然之道，与时间握手言和，这应该是许巍作为一个开始觉悟者的心灵，亦是生命的返璞归真。而这些年我们一直喜欢听许巍的歌，或许就是因着他始终在贴着我们的生活唱吧。一如这首《时光》。

这样的歌声，我想，它只属于时间深处。或许，时光的哲理就是如此，只关心粮食与蔬菜，其实包含着的，是人类之于春天最真的执着，以及深深的留恋。

2013 年，4 月。

又见炊烟

与友人相约，同登南郭寺。此为本地一处知名文化景点，大诗人杜甫曾居住过数日，写过 117 首陇右诗。

朋友与我，皆是向往宁静之人，自是爱极了这轻逸淡雅的山头夜色。

一口气爬到了山顶，一个叫作杜家坪的小村落。

在路旁随意找了处地方，小憩，时值苍暮时分，山上依稀可见袅袅炊烟。放眼望去，脚下这条窄长小道直通村落。

小道两旁是村民们种植的庄稼。田间不时传来一片片蛙声，夏虫也在不停地鸣叫。好一副诗情画意的情境。

每日穿梭于喧嚣城市，总感心浮气躁。如此置身于此，不觉间心情舒畅许多。高兴之余，哼起王菲那首《又见炊烟》，只可惜得意得有些忘了形，小腿被田野里的蚊虫美美饱餐了一顿。

2006 年，6 月。

青衣如梦

听李玉刚《四美图》，想起了戏曲中的一个角色，青衣。

苏三，白娘子，王宝钏，杜丽娘……

一个角色，一个旧梦。

那妖娆的身段，碎步而出。轻舞水袖，如兰的柔指。顾盼流转的眼神，浅笑低颦。那如诗一样温婉的唱词，深深让我陶醉。

一度很喜欢白娘子。曾荒唐地幻想化身于她。凭栏断桥边，素罗衫，青竹伞。洒落一场烟雨，等心上人儿来借伞。纵然被压雷峰塔下，永无轮回，也无怨无悔。

青衣，一袭青衣。薄如蝉翼，莲步轻挪，翩翩梦的霓裳。你栖身华丽的舞台，掬一袖浅浅愁绪，演绎着谁人的忧与欢喜？你眼波楚楚，笑靥如花，红唇皓齿间倾吐的是一腔怎样的深情。你愁容淡淡，低眉顺目，那酸楚的泪滴又是为何而落。

青衣，你从唐风宋雨中而来，你在晓月清风里曼舞。怀一帘幽梦，吟唱沉积千年的心声，任那流水落花碾碎了相思几万重。你素馨淡雅，裙裾轻扬，斜阳无语处一笛横握，云水寂寂，落红缤纷。

再优美的唱腔，也有吟不出的深情；再妖娆的身段，也会凋零成一道道温婉的风景；再明亮的锣鼓，也有叩不响的心门；再醉人的风月，也会演绎成一曲曲云淡风轻。

青衣，你似一朵明媚静谧的花，静静绽放，默默凋零。你留给人间多少永恒的凄美。一嗔一喜、一咏一叹之间演绎着多少女子的梦，多少女子无奈的人生。

青衣如梦
二〇一六年八月十日
晓波写意

青衣如梦啊，梦如人生……

2015 年，6 月。

弹 琴

明日复明日，明日何其多。每说一遍这句话时，就免不了想敲自己脑袋，使劲儿责备自己一番——你呀，真真是个懒散的人呀。

可不，又是一年开始，又要开始立志。琴，是不是得好好去和它交流一番了？

适逢周末，抚琴之前，先认真说点和琴相关的事儿吧。

话说去岁，一位弹琴吹箫的老师，突然去跑马拉松了，且乐此不疲，这让人觉得多少有些纳闷。

一天偶遇，问及此事。答曰，弹琴和跑步一样，都是人生一件孤独事儿，之所以跑步，意味着挑战自我，至于弹琴，其实是在修炼自我。听完此言，豁然开朗。

是的，于琴人而言，琴，是要终生陪伴的物什。至于抚琴，当是一种综合修炼，同样的弹奏却也有着分别，好比一棵树，生长的叶子看似一样，实则各有不同。

想到自己，去岁以来一直各种匆忙，花在琴上的时间少了许多，可意外地察觉，每每静下心抚琴那刻，心性，似乎总是在缓缓进步着。

古人讲琴有七不弹，心情烦躁，衣冠不整，事冗皆不弹，想自己因着对琴的这份偏爱，多年来待它诗意而敬重，浮躁烦乱时，很少会去触碰琴弦。

这份珍惜，不正是因它的浓淡，润燥，它的虚实，罹患，大抵充斥着阴阳辩证的道理。而这不也正意味着，弹琴的过程，就仿佛是一场人生马拉松?

想起白居易的琵琶行，其中大量关于大弦小弦的生动描述，感觉和古琴技法基本相通，至于那段音乐描写，也已成绝世经典。它所以同韩愈《听颖师弹琴》、李贺《李凭箜篌引》和李欣《听董大弹胡笳弄寄语房给事》一样，恒久流传，耐人寻味，想必不单单是因着音乐表层的精妙吧，更多，应是对生命的深切体悟。

所以，归根到底，弹琴，弹的是人生，这个过程，该是人生快慢的一种体验。

按音，泛音，散音。进复，退复。右手的拨回、刺出、伏倒、撮起，左手的急揉、慢吟、上绰、下注……

人生呀，难得是从容。

2018年，7月。

不是间奏

胡杨是温暖的，亦是孤独的。

在撒哈拉、塔里木盆地和额济纳旗这些黄沙漫天、苍凉原始的地方，它显得如此沉静、从容、优雅。肆虐的风沙非但没有摧毁她们的容颜，反而使其变得如同琥珀般闪耀着温暖而迷人的光芒。

有风吹过的秋天，当金黄色的叶片静静辉映在夕照之下，便是胡杨最绚烂的时节。每年的此时，总会有追梦者，从繁华的都市启程，一路穿过遍地羊群的草原，穿过阿拉善贫瘠的荒漠，穿越风沙，穿越一路疲惫，来到额济纳旗，这个旷远而寂寥的地方。

似是专为等待一个知己的到来，碧空之下那金色伟岸的胡杨，此时便如同一场浩瀚的烟花，如期绽放于人们面前。那些被时光蒙尘的人们，麻木的心灵瞬时获得了一丝前所未有的宁静与慰藉。

这里没有喧嚣，没有浮华，没有钟点，没有声音，甚至可能连一个弱小的生灵都难以窥见，映入眼帘的，只有这一望无际连入天边的黄沙。

它们被太阳烤得干燥而温暖。

温暖之上，铺满了从一棵棵胡杨树上漫天飞舞而来的叶片，宁静而壮观。这样的浓墨重彩，很容易让人想起凡·高画笔下的树。凡·高说，他的树一定会碰触到星星，因为他的树是大地的欲望，是大地的梦想。

它们是大地的手。

——是的，初见时略有些触目惊心的冲撞，看得久了，就会在这一抹绝美的金黄中，沉迷，甚至沦陷。

“只想成为一棵树，为岁月而生长，不伤害任何人……”

那在维吾尔语中被称为“托克拉克”的最美丽的树，在人心中，是棵充满着理想主义色彩的树。

执着，倔强，生命力不凡。

那一刻，脚下的荒漠是死寂的，没有生命，而呈现于眼前的胡杨，却是那般盎然。人说胡杨林是怪树林，向死而生，应当是“怪”的一层含义。

弱水河畔、居延海边，在这片“怪树林”中，有的老树明显枯死，细看之下却又新枝萌发；有的虽仅存一根树梢，上面却挂满了金叶……

古往今来，它妩媚的风姿、倔强的品格、多舛的命运，一度激发了人们太多的诗情与哲思，若它不成为某种信念与精神的寄托，情何以堪？

人的一生，大抵没有谁能够如这棵树一样坚强，抵挡住来自于时间的消磨。从青春到衰老的漫长岁月里，你的高傲与无动于衷，终会在时间的磨盘上变得一文不值，最后成粉、成灰，成一片守不住的空白。

可是，胡杨这个神奇的树种，却能屹立千年而不倒，倒下千年而不死，死后千年而不朽——

向死而生。这是一种至纯至美的姿态，它遗世独立，蕴藏着源自生命本质最初的苍凉和倔强。

向死而生。在命运握紧的手心里，一定攥着一枚胡杨的金色叶片。

而那个打开手掌的人，终究会是谁呢?

2007 年，10 月。

散　板[①]

C每每找到好听的音乐，都会在第一时间分享给我。而我，但凡有闲，必定会戴上耳机静听片刻。讶异的是，她搜肠刮肚寻来的这些音乐，我这十来年大抵都听过。

是的，多年前，我也和C一样，狂热发烧，一见到喜欢的音乐与电影光碟就买，整宿不睡趴在电脑前搜索音乐网站，不厌其烦地下载，收藏，数月单曲循环。C今夜发来的乐曲，突然间就让我在这个雨夜，无端伤感了一回。

人的一生，很多人和事，很多热爱，不知不觉间都会变得模糊不清。

记忆的闸门一经拉开，怎么说也得认真梳理一番，可是越梳理

① 许多零散听歌记忆，若非以笔记之，恐已随时光流逝。集结于此，且做散板称之吧。

越发现，遗忘，盛大而简单……

“人生真是无奈。”我不自觉敲出一行字。C俏皮地抛来一句话，嗨，一朵姐姐，我的人生刚开始，能不能好好说话。哦，真是抱歉了，亲爱的C，我好像许久未说过这样消沉的言语了，这个暗夜，又一次被熟稔的音符击中，散开心绪，我，很愿意。

2016年，夏。

那些如烟的年华，自有它的光芒，如果能忘记，会如薄雾，在阳光中隐去。如果已深记，会在某个暗夜，被月光唤醒。于是，学会珍惜，懂得珍藏。时光好静，静些，再静些。趁暮色安然，一个人沉入音乐，在桃花纷飞的时节，在心中种下春风万千，才发现，生命本不久，一切，皆是岁月馈赠。好吧，安享每一刻，刻画活着的诗句，音乐里，我看到了你婴儿般纯美的笑……

午间听乐音，陈悦箫与钢琴《帘动荷风》。以钢琴打底的箫声，如落花漂浮于水上。箫声幽，钢琴清，似流水在荷花间潺湲。暗香浮动，一头扎进了荷之境，瞬间撇开了红尘。现代文明的诱惑，此刻难抵音乐中的诗情画意与清凉。

打开CD，听一些禅乐。安静，清透，明媚。

一杯暖茶。一册吴经熊《禅的黄金时代》。整理衣物。困，小憩。

一直，被一些问题一直困扰。情绪固定重复。纠结。倦在事里。重叠。

行为模式逐渐清晰。终于看见了自己的慵懒、拖沓。那些被处理过的情绪。让自己看见了内心的虚弱。缺乏安全感。真的会像一个孩子。

是否该将原本对这些情绪的关注，转向更深的叩问？为何会如此？你，可会告知我缘由？

哦，当下。每一件事都是礼物。“当下”，“当下”……有些事或许从一开始，就是过多抗拒，并未曾得到妥当处理。此刻，愿停留过往烦躁，同亲爱的阳光一起，安静，坦然。

是的。如你所说，世间万象，不会如想象那般差。自然也不该去幻象有多么好。

给自己一段时光。就这样，发呆。在22层的高空，与音乐虚度时光。终于发现，每一件事，不是别无选择才如此。

而是，我选择了这样。

2015年，10月。

她发来那首歌时，音符的薄翅里藏着天空的雨水，我正坐在湖畔，看对面南山的影出神。她说，无意间听这首曲子，突然很想念。想起电台，坐在调音台旁，听它。记忆美好的就像一幅画，愿一切是安然快乐的。哦，电波里的你，另一个我，我的心底，总有一些时间，莫名长出荒草，我是如此慌乱，怕自己于时间的黑里，越来越轻，轻的仿佛连自己也握不住。而一些重，想象，让我安宁。以及，我爱着的文字，那些陪伴我的音符，你。

“我”，一定在。我生活在与我相会的希望中。等待，在辰星坠落之前，在每一个时光的缝隙。

整个下午的时光，我都在这间旧屋内，听85岁的他说交响乐，说那些沉睡近三十年的旧事。彼时已近花甲。为了痴爱的音乐，独自住在麦积山后的深山中，那间守林人的小木屋。三年，唯有山中的清风明月，几条大黄狗，与林间的鸟儿相伴。多年后，我面前的他，此时仍然热情如少年。在他的陋室，他依然创作着通往世界的室内音乐。《沉思与憧憬》，这是他的人生。深深打动了我，这一刻。

静夜，聆听琴声。初始，仿佛与时间有关，再听却又似乎从中剥离，或白天或夜晚，或暮春或深秋，或风华绰约或萧瑟凋零，任沧海如何变桑田，总一派清冷与平静。或许，这缥缈无痕的表述，即是生命的真实。

L分享给我这首歌时问，听过桑布伊吗，我茫然地摇了摇头。L打趣说，还以为你什么好歌都听过呢。惭愧哟，如此清澈素朴的歌声，我竟然才听到，真是有些迟了。桑布伊，幸会了。你的歌声，多么像我喜爱的胡德夫，此刻，它正如山谷里清澈的风，缓缓地，划过耳边，很温暖……

2016年，9月。

“那个至上是圆满的
这个个体是圆满的
从圆满的至上获得了个体的圆满
唯有此圆满始终保持圆满”

Purnamadah，C 发来这首歌的时候，我正坐在郊区的一个小操场上，看对面山坡上的树发呆。音乐缓缓流淌。入耳，稳稳的女中音像是缓缓的河水，高一点儿的和声飘上了天空……这周末的空啊，就立即荡开了。恍然间，小小的山坡，成为无际的旷野……

海然，海然。旋律一起，你已从眼前的一切抽离开来。仿佛被某种情绪牵引着，道路越来越远，天空越来越近。海然，海然。好听，只是觉得好听。紧随音乐，就这样一直走着，走着……却不知，海然究竟为何。查了一下资料，才知原是可爱的、亲爱的之意。蒙古歌就是具有神奇的魔力，缥缈而悠远，热情又深沉……

窗外似乎在刮风，一点儿春意，又要被卷走了，如同今晚的心情被一些事搅扰，隐隐不悦。还是给自己听首温暖的歌吧，虽然有点心不在焉的，没细听他究竟在唱什么。但，这把声音真的是走心。有几句歌词也颇有些诗的味道，当记忆的画面凝固定格，你的眼睛就会因它忧伤……Lambchop 静谧却略带淡淡哀愁的旋律，像是在乡间小路上漫步，阳光透过树梢倾泻而下，即便有着些许忧伤，不经意间也能让你的意识轻盈起来……

2017 年，12 月。

许久未去琴社了。是夜，隔着天水湖的暮色，听了一堂琴课。我的古琴老师，年届六旬，依然勤奋优雅，让人觉得感动。毕。归家自省。这些日子，对清迈又有所怠慢了，读书，似乎也不比从前认真，这样真的好吗？要知道，越自律越自由啊。正这么寻思着，几只瞌睡虫瞬间已没了踪影。好吧，这般清醒，不如对月抚琴，一两个时辰足矣。嗯，你说得对呢，也不知从何时起，长在心上的苔藓，唯有这些心心念念着的物件，才能慢慢地化去……

夏至，微凉。饭毕欲小憩，手机QQ突然跳出一张图片来。点开，原来是四年前今日的一条说说。

“十年，衣衫未改，心境却是恍若隔世。天若有情天亦老。”

其实，看到心境这词时，有点莫名伤感。试图记起年复一年从自己身边溜走的光阴，很多却已模糊不清。若非资料库里有这些图文存念，怕是早就化为流水泡影了。

曾经一听到诸如人类最擅长的就是遗忘这些话时，是多么不置可否。可时至今日岁月渐长，才越来越明白，人生大抵就是这般无奈。

看到有几位老师从朋友圈谈论秦腔，有人说自己越来越爱听秦腔了，是不是老了的表现？心头不由一怔，自己这两年竟也能多少玩味出一些苦音之妙来，莫不也是年华的沉淀？

总之，无论怎样，都免不得要叹一声，咦，又夏至了呀。匆匆，太匆匆……

去朋友家多次，竟从未留意到，她家的院里有棵石榴树。今天，许是连日的阴雨终于停歇，心情猛然间清丽，这棵树也就优雅地进入了视线。

你来看此花开，则此花颜色一时明白起来。很多时，琐碎的生活，总是想要击碎各种美好，让你在无可奈何中日渐麻木，让你时常忘记听鸟鸣，看它们的翅羽如何划过长空，看一些花儿，如何在季节的更替中，不动声色地开与落。就连秋风秋雨，也只会徒增烦恼而不再是诗意的忧伤。

可事实上，我们多么需要保留这样的情怀。

秋天的声音是静，惦记那天在山中看到的野花，那些自然的事物……生命是美的，我们有必要为美出力。这么美这么美的秋，让语言暂葬于塔里，与时光同眠。

2016 年，9 月。

多年前看《千与千寻》，对无脸男的样子记忆深刻，却没读懂它的存在 。岁月渐长，才知宫崎骏创造的这个形象原来是大有寓意的，看一会儿感受一回不同。他说，无脸男就是他自己 ，无脸男存在于每个人心中，是一种象征，是每个人的心中都秘密存在的力比多。宫剧的经典之处就在于，劝慰人们，相信美好与纯真的存在，相信人类爱与向善的本能，并设法去寻找并守护。这个下午，在电影院重温这部不知看过多少回的旧电影，听着久石让，又感动了一回……

多年后，再看《教父》，悠扬的西西里民谣响起，Michael Corleone 是否会想起，当年那个不会说英语不会开车的西西里姑娘，而正是那段岁月教会了他沉默和隐忍，每个人都需要一段这样的时光。

接连好几个晚上，我又开始着迷于那些旧时画面，对话，以及配乐。指针拨动的刹那，光影似乎有点重叠。飞速运转的时间轮盘，开始变得缓慢，甚至停滞。一个声音从远方说，是的，进入经典的世界，就是进入永恒。

他失明了，世界在他眼中一片漆黑。可是，当他的心沉醉于竹笛，与心爱的箫声相拥取暖时，极光便会出现。是的，无论世事如何苍茫，总会有一个光亮的影，随行。

若有若无的吉他伴奏，耳边呢喃的吟唱，近似于一种永恒的游离……

又遇到一首可以单曲循环让人放空的歌儿。音乐轻轻一起，就击中了人心最脆弱的部分，尤其结尾处的那段solo，挺忧郁的，听的人心情瞬间就难过了。

Sophie Zelmani，忆起多年前做电台的旧时光，放过很多回她的那首*going home*，王菲亦曾翻唱过吧。有些遗憾，如此动听的北欧民谣女声，我那爱音乐的耳朵，近几年听得真是有点儿少了。看报道，她去年还刚刚来中国好儿个城市巡演过。

歌名有力量，很直接，*the lord*，圣经中有时会出现，有时会出现God，表示的都是上帝吗？悲伤的音乐让人安静，安静，可以生发希望。是的，人世，总会有不期而遇的温柔，和生生不息的希望。

2017年，11月。

带小孩子看电影，她看《冰雪奇缘》，我重温《海上钢琴师》。这个影厅竟然只有四个人在看，有点意外。电影挺让人悲伤的，当然也浪漫，尽管已看过多遍，仍让人有流泪的冲动。

一切，都发生在那条船上，从小被遗弃的孤儿——钢琴师他从未踏出过那条船。他在那儿，看着不同的人，从欧洲来到这儿，追逐各自梦想，可他永远不想离开。大海就是他的家。与其说这是对迷失的恐惧，不如说是对虚无、美好、真诚的坚守。唉，多么浪漫的故事，总会有悲伤残酷的一面。天才的钢琴师一生孤独啊，可是，他也是安心的，他深深活在自己内心的执念中，直至，随着那条大船沉沦。

人生在世，我们都在自己的船上漂荡，不经意间，变得面目模糊，被人生甩出一大截，再看镜中自己是那么陌生。有多少人还能固守纯真？

电影里，钢琴师说，你若执意，心便不会因时间而变。

看了一部音乐纪录电影——《大河唱》。主要讲述音乐人苏阳的音乐轨迹，其间，穿插了影响过他创作的四种民间艺术。是四位深爱着艺术与故土的民间艺人。年过六旬的陕北说书人刘世凯，痴迷花儿，却被老乡嘲笑不正经的阿訇儿子马风山，肩负皮影世家使命的老农、甘肃环县皮影传承人魏宗富，以及秦腔民营剧团团长张进来……

虽然生活不尽如人意，但音乐的力量，却让他们的心灵最终冲破牢笼，得以飞翔。

一直比较喜欢苏阳的几首歌，依然清晰记得，多年前曾单曲循环过《夏夜川》很长一段时间，只是有些遗憾今晚的首映礼，苏阳因事未到现场。分享会上，见到本片导演之一，曾参与导演《我在故宫修文物》的90后青年杨植淳。这是位年轻的清华在读博士，听他说拍这部音乐纪录电影，团队差不多花了3年时间，拍摄了累计

1600 小时生活影像。事实上这是部很朴素的片子，也就是几个简单的故事串联，娓娓道来。却很动人。之所以让人有话想说，还是因为，它展现与探索的是黄河流域的传统精神世界，以及深埋在这片土地之下的文化脉络。是的，不是大河在唱，是生活在唱。

还是苏阳的歌。或许，这些年你一直喜欢着的歌声，不论有多久没听，它都会在某个不经意的瞬间，轻而易举唤醒你沉睡的耳朵。

这首《胸膛》，是在哥伦比亚麦德林国际诗歌节全球首发，他说，那是地球上离我们最远的地方，但希望离你最近……

正宗的西北腔调——

西北永远是丰茂的，你听听，感觉是不是很辽阔，拨开迷雾的辽阔。听苏阳的歌，总会不由得就被一把扯入画面，仿佛行走在天空下。杂草，雄鹰，羊群，歌声。一切苍凉，却也温暖。听着听着，便有流泪的冲动。

若说山鹰疼的是翅膀，那它还会重整旗鼓，再去来上一场，若疼的是胸膛，它将不会飞翔。若羊羔冷的是身上，它会以更加积极的姿态去寻求母羊的舔舐，若冷的是胸膛，它将蜷缩在角落，不再去寻求母羊，换了人也一样。疫情期间，听到这样的歌声，感受到的，只有生生不息的希望。是的，这首歌唱给温柔而坚强的人类。

2020 年，3 月 18 日。

伍 空白深处

旗袍，那一抹古旧情调

旗袍，西方人称之为“China dress”，意思是东方服饰。

平素有着很深的怀旧情结，总会对一些略带古旧感觉的物件情有独钟。于是，极自然爱上了旗袍。最爱旗袍的端庄典雅，温柔含蓄，觉得是一种被淡雅包围了的古典意境，浪漫，唯美。

翻阅老上海风情的文字，我们总能看到木地板、老藤椅、留声机和即使在隆冬时节也摇曳着万千风情的旗袍。拿张爱玲来说吧，那样一个脸庞微扬、高昂着颈穿旗袍的才情女子，曾用她大篇的笔墨沉醉地描写心爱的织锦旗袍。在她的小说里，对女性穿着旗袍的颜色、质地和款式描写得十分细致。她笔下的女子大抵穿着微微泛旧的旗袍：“她穿一件白洋纱旗袍，滚一道窄窄的蓝边”；褪下了青狐大衣后，“里面穿着泥金缎短袖旗袍。人像金瓶里的一朵栀子花”。

关于旗袍，有过许多的记忆。

旗袍那一抹古旧情调
二〇一六年五月
二十二日 沈波写

那年，大学毕业，初上班。是个夏日，路过一家旗袍店，被橱窗内一件小小的旗袍吸引。出于喜爱，驻足静望了好一阵子，终在自我说服之中，花不菲的价格买下了它。如今再来回想，这举动多少有些奢侈，不过，倒也算圆了少时的一个念想。

是一件白黑相间的棉制旗袍。白色的底子，颀长的黑色叶子零散错落其间，大概及膝盖那么长吧，很是素朴。有段日子，逢周末便会穿了它同好友一起逛街、散步。其实，20 岁出头的年纪，根本无法演绎出旗袍的妩媚风情。但，彼时身着白色旗袍的年轻女子却是亭亭玉立的，旗袍映衬下的那张面孔亦清纯、明媚。所以，仍会引来路人的不时侧目。

美好如花样的年华。

后来，王家卫拍了一部电影——《花样年华》，是一部充满了浓郁怀旧色彩的影片，亦是演绎旗袍风情的时装片。影片中，张曼玉扮演的老上海女子苏丽珍，一套又一套地演绎着旗袍的柔与媚，或长或短，极近优雅。昏暗的街区，婀娜的身姿，忧伤的小提琴，纠缠的情感，呈现着万千风情。影片着实火了一段时期。之后，便发现，大街小巷内开始上演旗袍秀，这座城市似乎也因之变得温柔了起来。感慨的是，虽说当年这旗袍秀曾一度成为街头亮丽的风景线，也还是未能持续多久，终渐渐淡出了我们的视线。

又一初夏，与友相约逛街，于某不起眼的角落，见一块麻制的碎花布，卡其色打底，上面零星缀着一些细小的花朵，淡淡的桃花色和湖蓝色，其间还若隐若现着浅浅的草绿色，颇为清新妩媚。朋友说是适合我的布，劝买来做件旗袍。本就对这布一见倾心，在她的鼓动之下，很快便买下了。

那件旗袍早已做好，很美，却一直都没有穿它。相比起几年前，我似乎更愿看它幽幽立于柜中的模样。临水照花，该是一种怎样的心境？

2005 年，夏。

维也纳之“慢”

来维也纳几天，除却在河畔散步，大抵有两三天时间，我们一直流连于已经开始熟悉的艺术史博物馆、圣史蒂芬大教堂，以及周边街市。

维也纳艺术史博物馆坐落在维也纳环城大街旁边，与霍夫堡皇宫相对，是全世界第四大艺术博物馆。这里珍藏着哈布斯堡王朝数百年来收集的欧洲珍品，绘画部分最为精美和齐全，而鲁本斯、伦勃朗、丢勒、拉斐尔、提香等著名画家的作品，使得这座艺术殿堂美妙绝伦。

这是我去过的最豪华和舒适的美术馆，展馆里的沙发随处可见，即便在里面待够一整天也不会觉得累。在此世界顶尖博物馆里徜徉，倘没有丰厚的艺术知识做背景，大多也只能是看热闹，可仅仅让视觉得此一番震撼享受，却也是非常欢喜的。

其实，很想去国家歌剧院看一场《图兰朵》。作家茨威格曾在《昨日的世界》中说："一个普通的维也纳人清晨看报时，首先关心的不是国会的辩论或世界大事，而是剧院的演出剧目。"可是，诚如茨威格所言，这儿演出也的确太过抢手，《图兰朵》一星期前票就已售罄——让人多少有些遗憾。

这是一座节奏舒缓悠扬的城。多瑙河要比想象中小，亦不是歌声中所描绘的蓝色。风儿徐徐吹过，有温柔的阳光。我们在河畔无所事事地游逛，听风划过那片涂鸦墙的声音，享受施特劳斯美妙音乐中奥地利的阳光。为了让自己的到来显得有点诗意，我颇有仪式感地面朝着河水，轻声读了诗人卡尔•贝克的诗句——

你多愁善感
你年轻、美丽、温纯
犹如矿中闪闪发光的金子
真情在那儿苏醒
在多瑙河旁，美丽的蓝色的多瑙河旁

偶有慢跑者经过，有人戴着耳机，不知是否同我一样，正听着《蓝色多瑙河》的歌声。随意坐于河畔，将音乐放出声来，让它轻轻飘荡于多瑙河上空。

并未惊起河畔的水鸟。这时，我突然觉得，这条因施特劳斯音乐而相识于儿时的河，这条从德国阿尔卑斯山谷中奔流而出，穿越那苍翠而幽静的维也纳森林，流淌在"世界音乐之都"维也纳身旁的河，这条不以时空幻变，不知要流淌多少次，尤以维也纳新年音乐会流淌得最欢乐澄澈的河，它之所以闻名于世，其实并不是因为它比其他国家的小河更加美丽。而是，它的安静，它的缓慢，它的与世无争，与世界众多的家乡河一样，是于此处生活抑或生活过的维也纳人，心中难以磨灭的一份乡愁记忆。

来奥地利，自然不能不去霍夫堡皇宫，看一眼茜茜公主住过的宫殿。许是少时看译制片的感觉太过美好，总觉真实的茜茜，没有电影中罗密扮演的那般可爱。人有时总是这样幼稚，凭着直觉判断喜好，或许会有偏颇，可又有什么关系呢。不过，事实亦如此。历史上的茜茜，与奥匈帝国皇帝弗兰茨•约瑟夫一世的爱情，原本就没有影片中描述那般完美。她的人生，堪称传奇，却非童话。

“仿佛是一只美丽的天鹅浮游在水面”。从小在巴伐利亚秀美的湖光山色中自由成长，喜欢诗歌，向往自然。婚后，却毫无准备被推入古板沉闷的哈布斯堡宫廷生活。身为奥地利美丽的皇后，却发自内心喜爱着邻国匈牙利。欣赏那儿的音乐、马匹、骑士，也欢喜着布达佩斯的建筑，以及那儿的色彩和节奏……

历史早已成为一抹烟云，今时看景，难免让人唏嘘。满城巴洛克建筑，整齐，干净。空气中充盈着艺术气质。艺术，真的会很神奇，总能让人瞬间抽离，比如街头随意遇见的歌声，生活，却让人觉得存在，比如问路时面对的笑容，恍然便不觉城市陌生。

其实，我们的生命，大抵游走于真实与虚幻之间。肉身在尘世，精神却总是向往上升，或许这是人类不可避免的通病。唯有如此，才不至于沉沦吧。

2019 年，4 月。

少年与歌

有时候，觉得音乐真是一种很玄的东西，没有人愿意远离它。无论你是孩子抑或老人，悲伤抑或快乐，它都是你最好的朋友。

就好比我吧，听大人说还在蹒跚学步时就喜欢上这东西了，还说，哭闹时一旦有它陪伴，马上会安静下来。

我热爱音乐的这个小小情，自是让彼时一心想将女儿培养成读诗书通音律的父亲颇感欣慰，便选择在六岁生日那天，“隆重”送了我一台小小的红色收录机。

拥有这个“小宝贝”那年，我上小学一年级。刚刚学会唱《上学歌》《我是一个粉刷匠》《让我们荡起双桨》。

记得每天放学一回到家中，小书包还未及放下，我就会急切地拧开那个黑色小螺帽，满怀期待地守候在一旁。

边听边学，听了很多儿歌，也学会了一些不明所以的通俗歌曲。

“甜蜜蜜，你笑得多甜蜜，好像花儿开在春风里……”

动听的歌声，从神奇的仅一个手掌般大的小红匣子里吱吱呀呀地传入耳朵，年少的我一时竟欢喜无比。试想，这欢喜于一个初爱上音乐的小孩子来说，该是一份怎样的满足？现在回想起来，这个可爱的小红匣子，在当时还真是让身边一群小伙伴着实羡慕了好一阵子呢。

儿时听歌一般不问歌者何人，更加不理会词曲作者，只记得歌词和旋律。可是进入“少年不识愁滋味，为赋新词强说愁”的时期后，对音乐的理解可就不同以往了。

彼时，会找一本精致的本子，抄录自己喜欢的歌曲，贴上明星的照片。

彼时，会用整张空白磁带，去录收音机里听到的一首好歌。

彼时，总能记住很多很多的歌曲，唱着唱着就会泪流满面……

于是，就这样懵懵懂懂、无忧无虑地唱着，一晃，便唱入了花季。也终于记住了，当初唱《甜蜜蜜》的甜美女子原来名叫邓丽君，住在宝岛台湾。

要说，我们这一代人的自我思维意识真正萌生，应该是在 20 世纪 90 年代中后期了吧。

那是港台流行音乐尤为盛行的一个年代。《蝴蝶飞呀》《水手》《橄榄树》《飘雪》《英雄泪》……一度成为嘴边哼唱的旋律，亦曾写入成长的日记。至今仍记得小虎队、张学友、王杰、齐豫齐秦姐弟的歌声，那泛黄的记忆力，略带忧伤的歌声。

那些岁月里，常常一个人脖项上挂着耳机，旁若无人穿行于大街小巷。而那些歌声，亦如晾晒在海边沙滩上一串串小小的脚印，真实记录了 20 世纪 70 年代末 80 年代初整整一代人的纯真时代。

此时，写下这些零星记忆时，一阵秋风吹过。

我正戴着耳麦，听黄舒骏的《改变 1995》。

“世界不断地改变改变，我的心思却不愿离开从前，时间不停地走远走远，我的记忆却停在却停在那 1995 年。”

那个白裙飘飞充满梦想的年代，如今早已随时光的流转渐行渐远，兴许会在某个不经意的瞬间，湿润你我的眼睛。而那些至今感动着人们的老歌，却始终萦绕在耳畔，温暖着我们的记忆。

2006 年，9 月。

或许，与歌唱有关

我总是无法忘记那个冬日的夜晚，虽然它已经成为我记忆中一个极为细微的片段。

说来似乎是经久以前的事了。那时，我刚刚在父母的催促之下从彼城回故乡，约莫半年的光景在家中等待着工作的一纸调令。为了打发闲得即将发霉的时间，我在本地一家电台觅了份兼职，做着档名叫《听觉日记》的夜间节目，谈一些关于电影、音乐和文学的话题。

那个冬夜格外寒冷，外面飘着雪花，吹出的气像雾，紧紧锁住了面孔。我和搭档商议之下临时开通了热线，一边听着歌一边看看可有遇到烦恼的朋友寻求慰藉。节目进行到一半，一个怯怯的女声被导播接进直播间。

她说她叫安，是一名即将毕业的职校英语专业的学生，从县城来这里上学，想要在城市深处寻求一个美好的未来，为患病的父亲和辛劳的母亲分担一些忧虑。隔着听筒，她的声音很小，语气充满了迷茫和不确定性。节目进行当中，很多事都无法细述，我便陪她随意聊了会儿天，鼓励她眼下紧要是学好功课，以便将来能把握到机会。

临了，送了她一首王菲的《乘客》。

我时常想，如果这个情景就此飘然而过，或许就不会再有故事发生——事实上，一个星期后的又一个夜晚，凌晨下节目后，我在电台的门口见到了安。她见到我显然很欢喜，一开口就说："姐姐，你和我想象中一模一样。"

我笑了。在街口晕黄的路灯下，我看清了女孩的相貌，谈不上漂亮，眉眼却是清秀的，目光清澈，浑身洋溢着少女的轻盈之姿。她说她是专程来看我的，之后很快就回学校了。目送着她与同伴的身影缓缓融入漆黑的暮色，我的心温暖之余莫名生出一丝淡淡的惆怅。

此后，她总会隔一段时间打来一个电话问候我，也捎带着说说近况。日子就此淡然而过，静得似乎没有一丝可以让人听到的足音。翌年夏天，她毕业了，还算顺利地在本地一家少儿英语学校觅得一份工作，听说校长是个只比她大五岁的年轻小伙子。

她打电话告之我时的语气很欢快，像一只展翅欲飞的鸟儿，我也由衷为她高兴。半年后，我的工作调动成功开启了崭新的生活，安的电话也渐渐少了。我于是便欣慰地猜想，她定是明确了生活的方向，再也不用像从前那样为未卜的前途而忧伤了。

然而，事情却并未如我所愿。人的一生充满变数，不可能总是现世安稳，岁月静好。

当我踌躇满怀忙碌于新工作几个月之后的一天，又一次接到了她的电话。电话彼端，她轻微地抽泣，她恋爱了，对方就是那个年轻的校长，可是，爱情远没有想象中甜蜜，因为他们交往的那些日子总有年轻的女孩子来学校找她的他，他与她们欢乐嬉戏的情景让她觉得茫然不知所措。她时常感到深深的苦闷和压抑，夜里入睡后被角总是被泪水悄悄打湿。

她的语气很淡，我却听到了一颗明亮的心被轻轻揉碎的声音。

我不知该如何开口劝慰，她还那么年轻。我不能直白地告诉她，他不爱你，请你离开他。因为，我知道初恋在任何人的心目中都是纯洁的，我不能让 20 岁的她因此对爱情失去纯真的幻想。于是，我委婉地表述了我的想法，希望她能从中悟出些什么，以便驱散她心中藏匿的阴霾。

“姐姐，谢谢你。我知道该怎么做了。”她的回答显得犹疑，沉郁，惶惑不安。挂断电话，我的眼前突然一片空白，一滴泪水顺着脸颊缓缓而下，我为安感到难过。

人的无奈往往就在于此，面对一双双寻求慰藉的眼神，大多时唯有陪着对方流几滴悲伤酸楚的泪水，似乎再别无他法了。

安要去西安打工了，临行前给我来了电话。她从学校辞职，离开了那个人，欲往另一个城市寻她的梦想。她说，无论吃多少苦，受多少累，她都要在那个城市容身。果然，在她两年间断断续续打来的长途电话中，我得知她在饭馆端过盘子，在服装市场帮人卖过衣服，推销过化妆品，等等，生活想必很是艰辛，但她却从未在电话中说过抱怨二字。

年轻的安长大了，漂泊磨炼了她的意志，让曾经脆弱的女孩变得坚强，有了生活的方向。

2008年秋天，我所生活的小城刚刚从一场波及全国的地震阴影中走出，日渐恢复昔日的从容与宁静，安却在西安得知父亲病情加重，生命垂危，匆忙间辞掉工作赶回小镇照顾父亲近半年，直至临终。父亲的早逝让安的母亲无比伤心，在安说服下，她决定跟随女儿一同迁往西安生活。

返途中，安特意经过我工作的地方，在单位楼下打来电话说想见我一面，毕竟她和妈妈以后回来的机会越来越少了，遗憾的是恰逢那日我出差在外，终是未能遂愿。后来某一个飘雪的冬夜，我临睡前收到她一条短信，告诉我她在西安结了婚，在西郊开了家自己的小饭馆，生意还算过得去。

再后来，我丢失手机换掉了号码，从此与安失去联系，音信全无，可我仍会时常忆起那个寒冷的冬夜她来电台看我的情景……

人的一生总会遇到很多人，经历很多事，在欢喜忧愁中逐渐成长。然而，逝去的时光却无法复原。

安，时光飞了，你还好吗?

2011年，初冬。

有谁共鸣

发给她一个个他的歌曲链接时，她笑说，真是死忠粉啊。我突然有点儿恍惚，呃，是啊，谁又说不是呢。他所有的电影，几乎都看过，所有的歌，几乎都听过，他三分之二的歌，我大抵会唱，甚至多遍，不厌其烦……

与其说，每年这个特殊的日子，不经意间就想起他，不如说，想起的，分明是那纯粹忧伤、飞翔的青春……

彼时，应该还是小学生吧。几个好朋友去同学家的老院子玩，那些年，小城有着旧时光的气息。老院子一个串起一个，安静，有着人间鲜活的烟火气。不过，若是玩起躲猫猫来，想要找到还真是不容易。嬉闹累了，大家就安静地坐在小凳上，一遍遍听他的磁带——

…………

人生是，美梦与热望

梦里依稀，依稀有泪光

何从何去，去觅我心中方向

…………

学会的第一首歌，便是这首《倩女幽魂》。说真，十来岁的孩子，又能晓得多少弦外之音呢?

直到后来长大点儿，才看上那几部片子，再后来，《霸王别姬》《东邪西毒》《春光乍泄》《金枝玉叶》《胭脂扣》《红色恋人》……

记忆如同老去的电影画面，一幕幕在眼前晃，一切多么遥远，却又仿佛就在眼前……

17 年前的 4 月 1 日，刚毕业，在电台上班。那日，阳光大片大片落下，城市里人来人往，空气中开满了花香。在直播间，突然就听到他决绝离去的消息。眼泪，止不住一滴滴落下来。

翌日午后，去南稍门附近的一家音像店，在安放他光盘的唱片架前，一张张地挑选封面——

是的，我要留下他最帅最美的样子。

光阴如流水，一帧一帧，淘汰了老式录音机。

那张 CD，有他迷人笑容的演唱会 DVD，经年来始终保存完好，安睡在那个古旧的木匣子里。

那些旧磁带，少时的旧磁带，今刻已无法再听，如同我们再也回不去的青春。

那些热烈那些奔赴，那些飞扬的日子，离我们似乎越来越远，尽管我们抵死不认，但我们真的越来越苍白，日渐遗忘了最初的情深……

2013 年，在纪念张国荣逝世 10 周年的演唱会上，一向沉默内敛的梁朝伟站在台上眼眶泛红，对着天空说了一句话：“你离开不久，我还留着你的电话号码，有一次不小心拨错了，我给你留了一句话——不如我们从头来过。”

不如我们从头来过，这是他们的电影《春光乍泄》中一句台词。

多年后这个阴天，在微信听着他的音乐链接，想起这句话，突然觉得一阵伤感。往事如烟，一幕幕，被风吹起，不知终将归于何处……

2020 年 4 月 1 日，阴。

似水流年

流光容易把人抛，红了樱桃，绿了芭蕉。她听着歌幽幽地说。我大笑，亲爱的，不知道常无端怀旧的人容易老呀。她扑哧笑了，笑容很阳光。

而我，却在大笑之后陷入了无边的怅惘。是的，我才是那个真正喜爱怀旧的人，为此，有位朋友曾打趣说，当一个人总沉浸于听老歌时，说明她已经老了。可我，总是抵死也不愿承认自己老了。您那厢来看，我虽没有了旧时花容，可我依旧怀有梦想，分明没老呀。

她正听的歌叫《似水流年》，梅艳芳的经典歌曲。彼时，张国荣、梅艳芳、辛晓琪、张信哲等一系列港台符号，让我们这一代“中毒”颇深。逢下课铃声一响，同桌的我们便会迅速从抽屉里拿出漂亮的抄歌本，唱一首首那些至今来听依旧很耐人寻味的歌。在那个没有网络，电视也不够普及，更没有MP3的年代里，抄歌词、抄诗歌曾一度让少年的我们乐此不疲。那时，大都是听着收音机、录音机一字一句将歌曲学会，再把歌词写下来，配上精美的贴画或者插图，倘和现在懒散的我们相比，可谓用功至极了。由于年少羞涩，我们唱歌时总会将声音控制得足够低调，却仍能吸引来教室里个把认真聆听的耳朵。话说当年长发长裙的她，文静安然如水晶，声音似潺潺流水，身影如戴望舒笔下从江南雨季走出的姑娘，是很多男生心仪的校花。我们曾共同拥有过浪漫情怀，幻想过穿越，渴望过像三毛一样去撒哈拉流浪，遇到如荷西那样的完美情人……终究，这些念想是断难抵达的，于是统统被付诸那些工工整整、一笔一画摹写的言情小说和诗词中了。

素年锦时，稍纵即逝。由于种种原因，她大学选择了财会专业，毕业后被分到小城一家大型国有企业，由于竞争激烈，企业这几年开始走下坡路，为了生计，她起初悠闲的生活日渐奔忙，少时的梦想渐行渐远。而我，则相对幸运，无论怎样千回百转，终究从事了一份自己热爱的文字工作。很多时候，由于生活的繁复，身处同一个城市的我和她总是无暇相见，只能在一年年如水流淌的时光中，偶尔借得网络电音彼此问候，传递一丝暖意。

后来某日，无意间进到她的博客，看到一些信手而成的文字，很是沉郁，不由让我为她的近况担忧。一次聚会问及，说这两年工作生活压力大，为缓解神经每个月都会抽出闲暇释放心情，给灵魂寻一处栖息之所。

“也算是重温旧梦了。”她轻描淡写地回答。

我有些感伤。眼看着一贯从容的她卷入了世俗，变得日益憔悴，真是让人忧心。她还有几十年的人生要过，该怎样才好？

时间的流逝，总会让人有种慌乱的错觉。阳光懒懒爬行的日子，更甚。

她总说，她的人生太稀疏平常，败在该听父母话时没有听，不该听时却很顺从地妥协。10年前，她大学毕业，原本要和同窗去羊城“南漂”，却由于母亲的强力阻拦，放弃了念头留在小城，端上企业的铁饭碗。她所在的企业，人人都比较务实，出现一个心怀浪漫的女性，多少有些与众不同，这让她赢得尊重的同时也墨守着孤独。

她的婚姻也是母亲抉择的，母亲觉得高大英俊的男孩老实本分，家境良好，当为宝贝女儿的最佳选择。而这恰恰也成为她陷入痛苦生活的根源。一个对生活有着美好想象的女子，遇到墨守成规且意志消沉的丈夫，我不知道这对于她是好抑或不好，至少这些年性格开朗要强的她是不开怀的。她曾无数次对我说，对方丝毫没有上进心，一下班不是窝在家里看电影就是和朋友打牌，生活态度太不够积极且完全不理解自己。这一切都成为他们时常争吵的事由。

或许，真实的生活便是如此。一地鸡毛。

作为闺蜜，我目睹她的消沉与无奈，难免生出些许伤绪，却又不知如何劝慰亦不能过多指责她幸存的理想主义——事实上，平心而论，我非但不觉得理想主义者有什么不好甚至这让我由衷敬佩，更何况她一直是大气坚强的女子，生活虽磕磕碰碰却从未曾偏离过方向。

很多时候，由于情感的需求，我和她及另一同窗会不定期在小城择一环境优雅的咖啡馆小聚，漫不经心地喝喝茶，说说人生的无常，顺带着抱怨下彼此琐屑的生活。而更多时，我们情愿彼此安安静静地相偎或者相向而坐，或者，看一场安静的电影，借镜头中的感觉来找寻逝去的旧时光，有时也矫情地想想《牡丹亭》唱词：“则为你如花美眷，似水流年，是答儿闲寻遍，在幽闺自怜。”

记忆如同老歌，按下播放键时，刹那间曾谙的情境和熟悉的旋律，都会一幕幕重现，当一切似流水般缓缓来到我们身后，即便驻足回望，仍会越流越远，最终伴随着时间，一同消散。

2003 年，我和她大学毕业，初登人生舞台。彼时，40 岁的梅艳芳在绚烂的镁光灯下开完人生最后一场演唱会后，安详地去了天国，她那华美充满磁性的歌声，穿透偌大的香港红磡体育场，永久地在歌迷心中定格。

可是亲爱的，明天的我们，还能否做到梅氏《似水流年》中所唱，外貌早改变，处境都变，情怀未变。

2013 年，9 月。

时间的灰烬

《东邪西毒》，是我最早接触的王家卫电影。

彼时还在读初中，偶然一看，便喜欢上了。也许是年纪太轻的缘故，真不大懂王家卫究竟想在影片当中表述什么，独独对片中镜头时而交叉挪移，时而时空错位存了极深的印象，觉得很是奇妙。

后来读了艺术方面的一些书籍，才知道，原来那种拍摄手法专业术语叫蒙太奇。时过境迁，再看这部电影，再听其中音乐，只觉比起少时明白了许多。

这应该是一部极具人性色彩的电影，演出阵容华丽至极。N 多个明星云集一起讲述了 N 个纠缠不清的故事。

张国荣扮演的西毒欧阳峰是一个敏感而孤独的男子，且优柔阴狠，年少时不可救药爱上了自己的大嫂。

那个叫桃花的女子由张曼玉演绎，果真艳若桃花、妩媚多情。

同时，桃花亦被欧阳峰的大哥所爱。面对爱情，他显然是自负的。因从未对心爱的女子讲出“我爱你”三个字，桃花负气之下嫁与他的大哥。

看到这里，不免生出些许遗憾，彼此深爱着对方却偏要如此这般，是否有些作茧自缚的意味？

那么，既然选择了错位，就索性相忘于江湖，让一切随风逝去空留个念想也好。然而，欧阳峰却又对这份情不能释怀，终日沉溺于相思的苦痛与遗憾无法自拔。

试问何以解忧，似乎唯有醉生梦死。但，酒精的刺激似乎只是一时短暂的麻醉，根本解决不了任何苦痛。最终，他选择了放逐。

逃离了家乡，逃离了爱人，从西域来到这茫茫戈壁做了刀客。每天，他都会在大漠孤烟中游说不同的人花钱雇人去复仇，然后再游说不同的过客去接这单生意。

影片中的另一男主角东邪黄药师由梁家辉所演，风流不羁，同为深陷感情牢笼之人。他，单恋上了内心深处痴爱着欧阳峰的桃花。片中黄药师有过这样一段独白，曾一度成为我与好友探讨的话题。“虽然我很喜欢她，但始终没有告诉她，因为我知道得不到的东西永远是最好的”。

且不论得不到的东西究竟是不是最好的，只想说，这样的爱恋端端地折磨人，世上最遥远的距离，莫过于我站在你的面前，而你却不知道我爱你。

每年桃花盛开的时节，黄药师都会借探访好友西毒的名义，去看望自己爱慕着的女子桃花。那一朵桃花，自然是不清楚他之于自己的情感的。眼前这个侠骨柔情的男子，仅仅是一个倾诉对象，她幽幽诉说的，只是对欧阳峰的无尽思念。

纠缠吧，痴缠吧。

影片始终都在围绕着剧中人物的自说自话铺陈画面。在略显游离的故事情节中，掩藏了太多的缱绻与无奈。

“这个世上有一种叫作醉生梦死的酒，喝下去人可以忘记很多事情，会变得很快乐。”

“小的时候看着远方的山，觉得山那边一定很美，长大后翻过了那座山，才发现原来那边其实也一样，甚至还不如这边。”

“知不知道饮酒和饮水有什么区别？酒越饮越暖，水越喝越寒，你越想忘记一个人时，其实你越会记得他。”

视线所及，悉数落寞。这是一个孤独而敏感的世界，巧妙而颇具黑色幽默的故事情节，将传统意义的武侠电影进行了魔幻现实主义的颠覆。王家卫的御用摄影师杜可风镜头下的画面亦堪称经典，优美、凄艳、含蓄，极富艺术的质感。

错落的人物，张扬的个性，故事情节的相互交错发展以及唯美的摄影共同构架出了一个虚幻的想象世界。

说到这部电影，很难绕开音乐。片中配乐，也是充满了神秘的想象，为影片的局部或整体创造了一种王家卫式的情调。

如果说人物与对白是一座座群山，那么始终穿插其间时断时续的音乐，便是群山之巅的云朵。

云朵具有了现实的意义。

要说的是，影片另有一个很好听的英文名——*Ashes of time*，时间的灰烬。

我想，时间飞了，就永远无法再找回来了吧？

2005 年，夏。

似是红颜归来

已然是明媚的春日了。

窗外，一缕晚风吹来，透过窗纱，我看到了夜空中闪烁着的点点星灯。

不经意间，又一次翻出了这张碟片。

封面，一个风华绝代的佳人脉脉望向我，幽怨凄美的眼神让身为女子的我同样迷醉。

蝴蝶儿飞去，心亦不在
凄清长夜谁来，拭泪满腮
是贪点儿依赖，贪一点儿爱
旧缘该了难了，换满心哀
…………

音乐响起。

故事起始。

影片讲述了一个美貌、多情、略显忧郁的旧上海女子的红尘痴梦。这个 25 岁便已消逝的女子有着一个如她容颜般美丽的名字——阮玲玉。

20 世纪 30 年代的电影都是无声的，正因如此，阮子那凄艳的神情留于我的印象尤为深刻。

在那个时代的中国，她被称为中国的嘉宝。

曾有人这样评价，阮子有着一个经典的表情，侧脸总似是对着天边的一隅，明明是在微笑着的，却又似流露着哀婉悲伤。于我看来，那分明是将自我的不幸和角色水乳交融的阮子真实情感的瞬间流露。

影片留给我最深刻印象的镜头是，空袭声传来，醉生梦死中的人们皆陷入恐慌之中，阮玲玉依旧优雅地旋转于舞池，孤独地舞着。

媚眼轻笑，翩若鸿影，其情其景，我看到了她烟花般寂寞的眼神，看到了她内心的苦楚和彷徨。

亦醉亦醒中，她问导演："我算不算是个好人？"

那一刻的阮子，孩子般无助。

来亦来，聚难聚，爱与恨的千古愁。

就是这样一个让女人亦怜惜的柔弱女子，在最后一个呼吸的瞬间仍不甘心地问床上熟睡中的男人："你爱我吗？"

自古红颜多是薄命的。

这个生而为爱痴狂的女子，这个为爱奋不顾身的女子，终是没能逃脱俗世终究的运命。浮生若梦的东方不夜城，造就了这个女子的成功，亦加速了她的死亡。

阮子的葬礼上，导演含着泪说："阿阮，你是一个好人，甚至可以说，你是一个太好的好人。"

阮玲玉曾经留下两封遗书。

"我不死，不能明我冤。我现在死了，总可以如他心愿；你虽不杀伯仁，伯仁由你而死。张达民我看你怎样逃得过这个舆论；你现在总可以不能再诬害唐季珊，因为你已害死了我啊。"

"我现在一死，人们一定以为我是畏罪。其实我何罪可畏，因为我对于张达民没有一样对他不住的地方，别的姑且勿论，就拿我和他临别脱离同居的时候，还每月给他一百元。这不是空口说的话，是有凭据和收条的。可是他恩将仇报，以怨来报德，更加以外界不明，还以为我对他不住。唉，那有什么法子想呢！想了又想，唯有以一死了之罢。唉，我一死何足惜，不过，还是怕人言可畏，人言可畏罢了。

阮玲玉绝笔廿四年三月七日午夜"

一句人言可畏，道尽了她所有的无奈。

凄美一生，艳绝一生，传奇一生。

《阮玲玉》一片由香港著名导演关锦鹏执导，剧中所用演员均为我所喜爱，张曼玉、梁家辉、刘嘉玲、叶童……

关锦鹏在拍摄中采取了张曼玉与阮玲玉戏中戏的套层结构，时而时空交叉，时而迷离错位。

戏里戏外都是戏。

张曼玉忘情的表演，竟让我一时陷入深深的迷惘之中。她，究竟是在演着阮子还是演着自己？

我想，双玉的灵魂许是相通着吧，不然，怎会有着如此渗入人心的表演？

影片造型极富现代感，突出光影运用，透现出浓厚的怀旧感和历史的沧桑感。影片获得了第12届香港电影“金像奖”5项大奖，张曼玉凭借此片获得了柏林国际电影节最佳女演员银熊奖，由此开始，她步入了国际影星的行列。

曾看到这样的评论，《阮玲玉》对香港而言，有着特别的时代意义，一向善于描写女性的关锦鹏导演，拍成了这一部结构可谓历年来最为复杂的野心之作。

林花儿谢了，连心也埋。他日春燕归来，身何在？

2005年，夏。

孤独的灵魂

一个人的一生如果能始终遵循自己内心的意愿生活，要么成为一个疯子，要么成为一个传奇。美国经典唯美派影片《燃情岁月》中，布拉德·皮特扮演的西部牛仔崔斯汀，便是一个成就传奇的人。

因为喜欢，看了很多遍这部电影。

片中音乐亦是余音绕梁，经年不绝。影片中有个镜头，塞缪尔和未婚妻苏珊娜刚回来不久的一个晚上，一家人围坐在一起，苏珊娜弹着琴，他站在钢琴边唱歌。塞缪尔所唱那首歌的配乐版，便是《燃情岁月》，同时也是整部影片的主旋律，出自配乐大师詹姆斯·霍纳。

恬淡，自然。静静的感觉。

前段出现的钢琴声，精致，唯美，如同秋日的湖水，缓缓流淌着。突然，起风了，一只鸟儿掠过湖面，为这里的平静带来一丝律动，有欢愉，也有忧伤。

原来，已经转入弦乐。

《燃情岁月》，片名指的是圣经中说的“纯真的堕落”，在瑞典被译为“Höstlegender”，意思是“秋天的传奇”。这是导演 Edward Zwick 和詹姆斯·霍纳继《光荣战役》之后又一次合作，曾荣获第六十七届奥斯卡最佳摄影奖。

这幅被誉为“波澜壮阔的美国西部画卷”，犹如一个成人童话，在人性的刻画上，也进行了精心雕琢。亲情，爱情，战争，死亡，仇恨，和解……

观看之余，恍若隔世。

还是来听我讲讲这个成人童话吧。

秋日，苍凉的美国西部大草原。

骑兵上校威廉厌倦了战争，带着全家来到西部荒原，在一处偏僻的山区开垦牧场。上校的妻子伊莎贝尔因为无法忍受艰苦的环境而抛夫弃子回到了东部。于是，威廉上校独自一人肩负起了养育三个儿子的重担。

在艰苦的环境中，性格迥异的三兄弟日渐成长。大哥艾尔弗莱德忠厚温敦，三弟塞缪尔是位理想主义者，深受父亲的宠爱。而男主角老二崔斯汀则自由奔放、生性不羁，喜与印第安人交往。

父子四人在一个纯男性的世界里过着宁静淡泊的生活。

忽一日，一个女子的出现，让这个家平静了许久的湖面泛起了涟漪。

注意，影片的矛盾冲突自此展开。

她叫苏珊娜，是塞缪尔的未婚妻。美艳性感的苏珊娜无意间迷倒了这三个年轻的男子，他们同时爱上了她。这一情感中，崔斯汀与苏珊娜彼此吸引，互生爱意。四人遂痛苦无奈地纠葛着。

这时，一战开始，三兄弟不顾父亲的劝阻，参军前往欧洲。在战争中，崔斯汀眼睁睁地看着塞缪尔死去却无能为力。无限悲哀的崔斯汀按印第安人的方式挖出了弟弟的心脏，带回祖国埋葬。

艾尔弗莱德在向苏珊娜求婚被拒绝后离开了家乡。弟弟死亡的阴影也使崔斯汀无法面对他所深爱的苏珊娜。崔斯汀也离家出走，从此杳无音信。在苦苦地等待中光阴流逝，苏珊娜心灰意冷，终于答应嫁给艾尔弗莱德。

而，上校不幸中风，流浪多年的崔斯汀此时又回到了家中。在这些年中，他吃了许多苦，回来后娶妻生子，想过上波澜不惊的生活。

一切似乎就要这样平静结束了。然而在一次进城返途中，妻子不幸被人误杀，这再一次燃起他心中躁动的烈火。

苏珊娜一直对塞缪尔深感内疚，如今崔斯汀妻子的死又为她添了痛苦，她无法忍受折磨以自杀结束了生命。而崔斯汀此时已将所有的一切置之度外，他终于在父亲和大哥艾尔弗莱德的帮助下报了仇。

崔斯汀重新过起艰苦的生活，他活得时间很长。

他亲手送走了自己的父亲，又亲眼看着自己的孩子结婚生子，在一场与熊的激战中，他被熊爪夺去生命，死法很英勇。

崔斯汀是狂野的、纯真的。他的身上，蕴藏着生命原初的张力。

他也是孤独的，他的一生，选择了与俗世迥异的生活，所以注定孤独。

《燃情岁月》，是我迄今为止看过的美国西部电影中尤为喜爱的一部。影片貌似是在讲述一个充满罗曼蒂克的、略带忧伤的老式爱情故事，实则是一部充满了温情和阳刚之气的史诗电影。

很壮阔，很动情。

“它透过一户移民家庭和几乎被赶尽杀绝的印第安民族‘贤者’的眼光，观察了美国近一个世纪的当代史，对社会、政治、经济、民族政策、文化、婚姻、爱情，几乎涵盖了当代社会方方面面的主流意识，影片都进行了锋藏不露的抨击。”

音乐独特而富有张力。

詹姆斯•霍纳在片中运用了日本洞箫这种音色古老、深邃苍茫的乐器，来塑造崔斯汀“传说”般不可捉摸、狂野悲愤却又浑然天成的形象。他精心打造的乐曲声中，主要人物的旁白缓缓推动着情节，加上摄影师天马行空般的手法以及布拉德•皮特商标般的不羁眼神，整部片子像极了一篇优美的散文。

当然，抒情的时候，悲壮是无可避免的。如同一个理想主义者，历尽千帆，内心充斥着无奈与困惑，却始终不会对时间妥协。

影片终了，印第安老人一刺为崔斯汀的一生做了总结：“疼爱他的人均英年早逝，他是石头，他和他们对冲，不管他多希望去保护他们。他死于 1963 年 9 月，秋天，月圆之时。他最后露面的地方是在北方，那儿仍有许多待捕猎的动物。他的墓没有记号，但没有关系，反正他常活在边缘之地，在今生和来世之间。”

生命仿佛一场流浪与放逐，那就面对辽阔的山河，在时间的无涯中，继续跋涉。

2005 年，秋。

今生来世

《布拉格之恋》，爱极了的一部影片。一直想要写写它，却久未提笔。爱之深便会惶恐，便会低到尘埃里。

唯愿笔端能开出花来。

始终觉得这部改编自米兰·昆德拉小说《生命不能承受之轻》的影片，可能是二十世纪八九十年代欧洲社会最好看的言情片之一。

整个故事发生在战争年代的捷克首都布拉格，影片的大部分音乐都用小提琴或钢琴来演奏，小提琴的忧郁与哀怨，钢琴的浪漫和希望，烘托了这部具有浓郁散文诗气息的电影中浪漫而又忧伤的爱情。欧籍演员丹尼尔·戴·刘易斯、朱丽叶特·比诺什和丽娜·奥林的倾力加盟使得影片有了一个很大的亮点。

时常着迷于丹尼尔那双透着浅蓝色光芒的迷人眼睛，只需一秒钟的专注，便能让人心醉。

影片循着医生托马斯、摄影爱好者特丽莎、画家萨宾娜、工程师弗兰茨等人的生活轨迹，通过他们之间的感情纠葛，散文化地展现了苏军入侵后，捷克各阶层人民的生活和情绪。

浪漫而忧郁的感伤情调动人心弦。

“在布拉格，有位医生……”

字幕徐徐打出……

朦胧的镜头，模糊的背景，略显游离的故事结构，若有若无的电影音乐，影片拉开了帷幕。

主人翁是医术精湛的外科医师托马斯，一个风流成性的单身汉。如果他用职业口吻对女病人说：“请把衣服脱下！”那些女人就会毫不犹豫地脱光衣服，任他摆布。他对性抱着解剖般的探索精神，从来不会轻言允诺，从来都是游戏人间的态度。

女画家萨宾娜，是懂他的情人，他亦把她当作知己，两人对性有着同样的认知。这样一个中性色彩的女子，装扮自始至终未曾离开过她那顶黑色的礼帽。

影片试图塑造一个新时代女性形象，崇尚自由独立，极力避免着人格的媚俗。的确，她的形象塑造是成功的，萨宾娜确乎超脱了俗世，而于我而言，却终认为她是悲情的女子。

不能占有所爱之人的灵魂，终活得残缺。

似乎有些游离了，回来继续讲述。后来，托马斯出外看诊时，碰到生命中唯一让他承诺的人——特丽莎。

那是一个朴实无华、清丽脱俗的小镇女子。

她爱上了他，他亦对她一见钟情。

他开始游走于爱情与性爱之间。

影片无疑和我们讨论了极富西方色彩的性与爱、生与死、忠诚与背叛的问题。片中人物关系并不复杂，托马斯与特丽莎，特丽莎与萨宾娜，托马斯与萨宾娜，萨宾娜与弗兰茨，托马斯与无数女人，特丽莎与偶遇的男子。

生命不能承受之轻。对于轻浮的托马斯而言，生命的最初无疑是轻的。而对于特丽莎而言，她的整个世界是重的。她说："下次你再去找那些女人，带着我去行吗？我帮你给她们脱衣服。"

凄丽得无限悲凉。

看到这里，不禁潸然泪下。爱行至此，几乎失去尊严，于一个怀有美好幻想的女子，何其怆然。

问世间情为何物，究竟有无绝对忠贞的爱情存在？

忠诚与背叛，失望与期待。她在给丈夫的信中写道："对我来说，人生是很重要的，而你对待生活却是那样轻浮。我是个软弱的女子，对你的轻浮我不能容忍。与其等着被你抛弃，倒不如趁早回到自己弱小的祖国去。"

她的痴情最终拯救了丈夫的灵魂。

影片中有一个镜头，托马斯突然想起柏拉图《会饮录》中的著名的假说：原来的人都是两性人，从上帝把人一劈为二，所有的这一半都在世界上漫游着寻找那另一半。爱情，就是我们渴求着失去了的那一半自己。

当托马斯顿悟了如何去爱，当他和特丽莎的爱情才真正开始的时候，生命却戛然而止了。

或许，人生本就是这样。生命即将逝去，方能真正明了它存在的意义。

2005年，秋。

我爱你，与你有关

《琵琶语》出现在片头片尾。娓娓道来，如泣如诉。

多深的爱才能爱到彻骨，低到尘埃里。

“从这一秒钟起，我就爱上了你。我知道，女人们经常向你这个娇纵惯了的人说这句话。可是请相信我，没有一个女人像我这样死心塌地、这样舍身忘己地爱过你，过去是这样，这么多年过去了，仍然是这样，因为在世界上没有什么东西可以比得上一个孩子暗中怀有的不为人所觉察的爱情，因为这种爱情不抱希望，低声下气，曲意逢迎，委身屈从，热情奔放；这和一个成年女人的那种欲火炽烈、不知不觉中贪求无厌的爱情完全不同。只有孤独的孩子才能把全部热情集聚起来……可我身边没有别人，我没法向别人诉说我的心事，我毫无阅历，毫无思想准备：我一头栽进我的命运，就像跌进一个深渊。从此，我心里只有一个人，那就是你……”

帷幕徐徐拉起。凄婉的琵琶语。

一场唯美的一厢情愿的爱。

一场孤独虚无的爱。

她默默爱着他，而他却全然不知。

《一个陌生女人的来信》，已经是不止一次看它了，然而每当音乐响起、画面重现的时刻，仍然落泪。

《琵琶语》反复的前奏，将人带入一种缠绵悱恻、欲说还休的境界。淡淡忧伤的琴键声，加上东方乐器琵琶所独有的“泣泣私语诉衷肠”，感情就这样一步一步被牵引，最终让人沉醉在音乐意境里，欲罢不能。

其间，小提琴、中提琴、钢琴、洞箫，时隐时现，很好地完成了和声的作用。

电影比原著柔和很多，较之茨威格笔下细腻强烈的小说，本片富有东方韵味。

骄傲而卑微的爱。故事开始于 18 年前，女人初遇男人的刹那。

一个穷人家的女儿，从小与母亲相依为命。一个有双重人格的男人，热情洋溢、逍遥自在沉湎于玩乐和寻花问柳同时又对事业十分严肃、学识渊博、修养有素的男人。

而后，两人有了短暂的结合。

而后，女人经历了少女的痴迷，青春的激情，甚至沦落风尘，仍未曾改变对男人的爱。

直至临死前才决定告白。

我爱你，与你无关。

这算是爱情吗？爱情究竟是什么？于很多人来说，爱情，绝对是两个人的事，是互动的结果。

而她的爱情，无疑是一种决裂的、极端的爱情，爱到无欲无求。在这个快餐年代，人们都已经习惯合则合，不合则分。有几人可以这样不计回报?

我想，一个女人在爱情面前的卑微，在作家笔下，在镜头语言中，应该是坚贞不渝的高尚。

至少我觉得是。这种将苦恋进行到底的自杀式行为，这份兀自坚守的孤独，或许一定程度上为她赢得了内心的尊严。但让人感受到的，却是一种英雄式的悲壮。

爱不占有，也不被占有，因为爱在爱中满足了。不知哲人纪伯伦对爱的定义，能否表达这种爱情观?我终究是一个平凡的女子，无法进入这个女人的世界。我想我永远成为不了这个痴情的女人，因为我想我永远不会去爱上一个这样的男人。

呜呼，人生自是有情痴，此恨不关风与月。

《一个陌生女人的来信》，徐静蕾根据奥地利作家茨威格同名小说改编。姜文是我一直喜欢的演员，他在剧中的表演有张有弛，自始至终有节度，映衬着徐静蕾的表演。

老实说，看此片之前，一直对徐静蕾没什么感觉。演艺圈的实力演员太多，她并不出众。然而，此次的出演却让我由衷转变了一直以来对她的印象。

一个美丽的才女。

凭借这部电影，徐静蕾获得了圣塞巴斯蒂安电影节最佳导演的殊荣，完成了一个演员向一个优秀导演的华丽转型。

“我的电影不想去启发别人、教育别人，只是用激情去表达，使观众感动。美国拍的《巫山云》同样改编自这部原著，但带有很强的道德批判色彩，这是时代的局限。当代女性在爱情里只关注自己的感受，我的《一个陌生女人的来信》就是一个很纯粹的、当代人能理解的爱情故事。”她说。

最后，还是想说说《琵琶语》。幽远的意境，与《一个陌生女人的来信》中电影的基调很是吻合。女主人公的独白搭配《琵琶语》，直刺灵魂深处，让人无可遏制地从内心升腾起一股淡淡的哀伤。

爱情，从来就不该是一个人的事。

我爱你，怎会与你无关？

2005 年，秋。

一琴一瑟，笑傲江湖

“沧海一声笑，滔滔两岸潮。浮沉随浪只记今朝，苍天笑……”

写下这个题目，耳边萦绕不去的就是这首《沧海一声笑》。倏忽间竟有些忍俊不禁的感觉。紧随着的，便是小小的感伤与沉默。

武侠是成人童话。很多时，我们心中无法实现的梦，只能在武侠与音乐中去实现。

我的武侠情结，应该是始于初中一年级。其实，在此之前，上小学时就已偷看过梁羽生的《七剑下天山》。

那时，因学习成绩好，父母对看闲书一事未予以过多阻拦。不过，当时的我，还是会耍一丝小伎俩。大多时候，都是关起门来偷读，以在父母心中保持一贯的乖乖女形象。现在回想起当时打着手电筒在被窝中夜读的情形，仍觉十分有趣。

父亲有许多藏书，其中就有一整套的《金庸全集》。

最先选了的小说是那部《神雕侠侣》。挑灯夜战了 3 个晚上，看完后，就得了侠女情结综合征。接连好几天上课情绪不集中，幻想自己也成了一位如小龙女般美若天仙的女子。一袭素衣，轻舞着云袖，于世外翩然而至。

至于书中的冷峻男子杨过，亦成为少女时代心中的偶像。

后来逐渐成长，读完了全套小说，认识了更多的英雄侠客，无形中拿他们与杨过做了对比。相比之下，感觉杨过太过孤寂，过于清冷，不够积极。而那个洒脱不羁的令狐冲径直撞入心帘，成为梦中情人，至今未曾更改过。

时常和好友们讨论金庸武侠作品中最能打动女人心的男性形象，有支持郭靖的，也有崇拜萧峰的……大家各执己见，各有论断。

的确，不能否认郭靖、萧峰是侠肝义胆的大英雄，但于我的审美来讲，还是多多少少的缺乏那么点儿情趣。

英雄侠骨，失之柔情。徒有剑胆，而无琴心。

而真正配得上侠骨柔情、剑胆琴心八个字的，非令狐冲莫属。

令狐冲是一个坦率真诚、光明磊落的人，他从不为世俗礼法所拘，只要是自己认为对，哪怕世上人皆反对，他也不为所动。他是个最自然的人，从不理会旁人的看法。他痴恋岳灵珊天下知闻，即使在盈盈面前也从不掩饰，爱憎好恶一览无余。正是因了这些独特品质，才会有让诸多男人艳羡的女人缘。

说到令狐冲的女人缘，或许很多人会不屑一顾，认为他是个浪子。

所谓浪子，大多游戏人间，用情不专。而众人眼中的浪子令狐冲，却在其放浪之中将柔情深种，对小师妹的痴情撼动武林。

浪荡，因为崇尚自由独立。不羁，因为不徇世俗礼教。

这个浪子不单单缠绵于儿女情长，他尊师，讲江湖情谊，豁达开朗，浩然与正气集于一身。

他是个最自然的人，豪情折服正邪两道。

令狐冲亦是个极聪明的人，他可以两遍三遍就把“独孤九剑”的剑诀背下来，不在于他可以数次逢凶化吉，恰恰在于那一首与任盈盈合奏的《笑傲江湖》——隐士之曲。

武功盖世，却急流勇退。从此一琴一箫，笑傲江湖，真正做到了淡泊名利。

金庸先生很注重古文化中的大丈夫现象。犹记得先生在《笑傲江湖》的后记中所言：“令狐冲是……追求自由和个性解放的隐士。”

笑傲江湖的自由自在，是令狐冲这个人物追求的目标，亦是很多人心中向往的一个梦……

2004 年，8 月。

后　记

寥寥数语，拖了两三个月，竟不知从何说起。看到最早的那一篇，写于2002年。一算这个数字，至今已整整15个春秋。流水带走了光阴的故事，却一直眷顾着生性懒散的我，没有带走她对这一切的偏爱，怎能不感慨呢。

书里的大部分文字，10年前曾以专栏形式刊发过。严格意义上，这些文字，只能是当时听音乐的一些自说自话，个别几篇表面看甚至与音乐无关。有的时候，眼高手低，力不从心，总觉表达不出想要的那种感觉，远没有音乐本身带给我的震撼强烈。想象中的音乐笔记，该是素朴深沉的文字。笔力不逮，但，我还是在坚持，缓缓行。

是叙述，也是怀旧。

我珍惜文字里的那些“我”，或许她们不够完美，却是一个人灵魂深处应有的生命状态……

这些天，天水下了一场大雪，纷纷扬扬的雪花，白茫茫的天地，美好得让人恍然忘记了时间。是啊，想想自己内心坚守的，不就是对如同初雪一般纯粹的、永恒之物的寻找吗？而起初那些如今看似稚嫩的抒写，不也仅仅是为了弥补流水般的光阴，带给自己内心的虚空与不安？事实上，它们已经完成了使命，安慰了彼时的人儿。只不过，从前那个年轻明媚的女子呀，并未曾想到，这些年来写着写着，不经意间，音乐与文字，已经在时空里给自己建造了一个蕞尔小国。

多么好，这小国属于我自己。

在这里，可以悲伤，可以欢喜，可以轻盈如飞鸟，可以深沉如大海，可以随时避让，成为我自己……

我爱这小国。

我爱这熙熙攘攘的人世。

也，谢谢音乐爱上我，并宽容了我，这么多年。

谢谢，遥远的你，和你。

胡晓宜

2017 年，岁末，雪。